es 1499

edition suhrkamp

Neue Folge Band 499

W0352206

In den *Begleitumständen*, seinen Frankfurter Poetik-Vorlesungen, beschreibt Uwe Johnson, wie er zum Abseitsstehenden, zum »Beobachter« geworden ist. In welcher Weise sich die Johnsonsche Beobachtungsgabe in die detailgenaue Beschreibung der Verhältnisse und Verhaltensweisen der Personen umsetzt, wissen die Leser der *Mutmassungen*, des *Dritten Buches über Achim*, der *Reise nach Klagenfurt* und, vor allem, der *Jahrestage*: Distanziert-ironisch und zugleich einfühlsam werden ihre Innenwelt, ihre Überlegungen, ihre Handlungen plastisch vorgestellt. Aber nicht nur mit den mehr als hundert Personen seines erzählerischen Kosmos pflegte Uwe Johnson einen ständigen Umgang, auch das Wirken einiger seiner Zeitgenossen – Berufskolleginnen und -kollegen vor allem – verfolgte er mit großer Aufmerksamkeit. Dies schlug sich, bei gegebenen Anlässen, in Porträts dieser Menschen nieder, die erneut den Rang dieses Erzählers dokumentieren, der es versteht, durch die eingehende Schilderung von Einzelnem die Gesamtheit einer Person plastisch werden zu lassen.

Eberhard Fahlke leitet das Uwe Johnson-Archiv an der Johann Wolfgang Goethe-Universität in Frankfurt/M.

Uwe Johnson
Porträts und Erinnerungen

Herausgegeben
von Eberhard Fahlke

Suhrkamp

edition suhrkamp 1499
Neue Folge Band 499
Erste Auflage 1988
© Suhrkamp Verlag Frankfurt am Main 1988
Erstausgabe
Alle Rechte vorbehalten, insbesondere das der Übersetzung,
des öffentlichen Vortrags
sowie der Übertragung durch Rundfunk und Fernsehen,
auch einzelner Teile.
Satz: Hümmer, Waldbüttelbrunn
Druck: Nomos Verlagsgesellschaft, Baden-Baden
Umschlagentwurf: Willy Fleckhaus
Printed in Germany

1 2 3 4 5 6 – 93 92 91 90 89 88

Inhalt

»Schicksalhaft« war es nicht

Bevor der alte Suhrkamp im Juli 1957 von Frankfurt a. M. nach West-Berlin flog, riet sein Mitarbeiter Siegfried Unseld ihm noch vor dem Durchgang zur Maschine dringend ab, mein Manuskript *Ingrid Babendererde* anzunehmen: darin komme so viel Segeln und Natur vor, da sei die Ideologie von Blut und Boden.

Während ich in seinem Zimmer in Zehlendorf, zwischen alten Möbeln und wenig Büchern, auf ihn wartete, wusste ich einen Satz auswendig, den er mir einen Monat zuvor geschrieben hatte: Es juckt mich, ein Buch daraus zu machen, und zwar sollte das Buch möglichst noch im Herbst herauskommen.

Seine Übersetzung seines Satzes war lehrreich. Der alte Herr, der den Besucher mit ausgesuchter, verschollener Höflichkeit begrüsste, hielt den Verfasser sogleich an, an der Ablehnung seines eigenen Manuskriptes mitzuarbeiten. Bequem zurückgelehnt in einem korrekten grauen Anzug, mit abgetragenen Pantoffeln wippend, nahm er gerade die unsicheren Lebensumstände und die Äusserungen des jungen Menschen vor ihm zum Anlass, dem Manuskript einen »Mangel an Welt« nachzusagen; und ausdrücklich lobte er die Art, in der darin die Natur vorkam und das Segeln beschrieben war. Gegen Fragen nach solcher »Welt« sträubte er sich. Mangel an Welt sei nicht zu verstehen in einem Gegensatz von Hauptstadt und Provinz, da hülfen auch nicht Aufenthalte im Ausland, da fehle Weite des Lebensbewusstseins, vielleicht sei die aber neuerdings in der europäischen Literatur nicht mehr zu erreichen. Er hielt die Lider gesenkt, vergewisserte sich mit heimlichen, befriedigten Aufblicken der Verwirrung, die er angerichtet hatte. Der junge Mensch ergab sich in die Willensäusserung, die er verstanden hatte, das war dem Alten als Reaktion zu milde. Er brach einen Streit vom Zaun: was das denn schon für ein Name sei, Babendererde. Ich war mit Leuten dieses Namens in Mecklenburg zur Schule gegangen, ich hatte diesen Namen auf verwitterten wie neuen Grabsteinen gesehen. Suhrkamp wurde laut und gab sich Mühe, den Jungen aufzubringen. Als der genug entrüstet war, ging der Alte über auf fürsorgliche Erkundigungen nach Berufsaussichten und Freunden des abgeschlagenen Verfassers, schenkte ihm Bücher, begann dann zu schweigen, und obwohl der Abschied ein Wegschicken war, kam er mit bis an die Haustür, als wolle er den Gast ehren.

Ich brachte es nicht fertig, nicht wieder zu ihm zu gehen. Es war eine unkritische Verehrung. Er war indiskutabel. Anfangs wohl verstellt von den Bildern, der Legende: er hatte Brecht vor den Nazis gerettet, er hatte den Verlag Samuel Fischer über die Diktatur gebracht, er würde sterben an den Folgen der Haft im Konzentrationslager, er hatte diesen Verlag zustandegebracht. Später war es sein Alter und seine Person, kostbares Muster von Erfahrungen, sein Gesicht, Einsamkeit und die Nähe des Todes, das sorgfältige Rauchen des Kranken, der würgende Husten und dabei die abwinkende Hand, die die Lebenden vorsorglich verabschiedete. Seine Art zu erziehen blieb schwierig; nach wie vor benahm er sich ungerecht und wies eigens darauf hin, fragte nach neuen Arbeiten und gab sich den Anschein nicht zuzuhören, bestellte sich Briefe und beantwortete sie nicht, gab sich dann ein Jahr lang gleichgültig. Also mag es zu einem guten Teil Trotz gewesen sein, aus dem ich ihm nach diesem Jahr das Manuskript von *Mutmassungen über Jakob* schickte; weniger als dass er es drucken liess, wünschte ich mir, er werde es lesen, auch nur einen Satz darüber zurückgeben. Gelesen hat er es nicht mehr: von ihm gehört habe ich nichts mehr als die Todesnachricht, eine Notiz von drei Zeilen in einer Zeitung in der Deutschen Bücherei in Leipzig, im oberen Lesesaal.

Brief an Walser

New York City, August 1966

Lieber Martin:

Oft auf der Strasse tun Kopfformen und Physiognomien Leuten in Deutschland ähnlich, besonders Doppelgänger Günter Eichs sitzen vielfach auf Bänken und an Theken, aber auch von Leuten, die die genasführte Erwartung unverhofft gern entbehrt, im Bus, in der Subway oder auf dem Spielplatz im Riverside Park gegenüber unserer Wohnung. Der Spielplatz ist in drei Ebenen angelegt, von der Terrasse auf dem Dach des Wärterhauses sieht man den Hudson, in die mittlere Ebene ist ein umgittertes Oval eingelassen zum Ballspielen, wo aber auch vier Fontänen an heissen Tagen die Kinder unter Wasser halten können, die untere Ebene ist solid mit Bäumen bestanden, mit Schaukeln, Rutschen, Wippwappmaschinen, Sandkästen und Bänken, und als ich da am Sonntagmorgen unter dem vielerlei Publikum Herrn Anselm Kristlein erkannte, wollte ich mich getäuscht haben, bis ich ihn doch erkannte. Er war zu erkennen an ziemlich nachdrücklichen Blicken über den Immobilienteil der Times hinweg auf eine junge Frau, die zwei Bänke weiter sass und die Route eines dreijährigen Mädchens vom Sandkasten zu den Fontänen verfolgte; er bekam den Blick nicht los von der hellen roten Bluse aus rauhem Stoff, von den rötlichen Haaren, die ihr in einem ganz unüberlegten, aber komplizierten Knoten am Kopf lagen, von der trockenen, aber nicht harten Stirnhaut mit sanften Sommersprossen, von den Lippen, von der großen bläulichen Sonnenbrille, die ihm dies Gesicht aber versteckte. Über der Anstrengung, mit Blicken in die Zeitung die Blicke zur Seite zu leugnen, hatte er nicht mehr auf das Kind geachtet, das er bei sich hatte und das ich für Drea hielt, und auf der Suche nach diesem Kind sah ich ihn ziemlich hilflos quer durch den Platz irren, und er war schon halb die Stufen hinauf, als ihm gelang, was er nicht versucht hatte: die Frau winkte ihm. Sie hob ihre Hand hoch und schlenkerte sie an steifem Arm, bis er sie sah und sie ihm sein Kind in einer Ecke beim Wassertrinken zeigen konnte, sie war auch schon da gewesen und hatte etwas gesagt und war wieder auf ihrem Platz, ehe er am Trinkbrunnen war. Mit seinem Kind an der Hand ging er auf die Frau zu und erklärte ihr: »She did not understand you. She doesn't understand English.« Sie nickte. Ihr eigenes Kind sass ihr unter dem Arm, sie bewegte den Arm leicht, in der anderen Hand hielt sie wartend ihre Zeitschrift, beide betrachteten ihn und sein Kind geduldig. Er rührte sich nicht. Er hatte ein Gespräch angefangen, er wollte es länger machen, ihm fiel nichts ein als »Thank you«, und die Frau machte »HmHm« so endgültig, dass er sich von seinem Kind endlich wegziehen liess. Später sah ich ihn von seiner Bank aus wehrlos der Frau entgegenblicken, die an ihm vorbei zu dem Eismann ging, der seinen Karren draussen auf dem Parkweg angehalten hatte; ich lief ihm genau in den Blick, der ihrem kräftigen und zierlichen Gesäss galt. Später sah ich ihn an den Schaukeln mit seinem Kind, zwei Plätze von ihm entfernt die Frau mit ihrem, und er verpasste gelegentlich seine Schaukel über dem Bemühen, sich für alle Zeiten einzuprägen, wie sie den Kasten mit ihrem Kind sich in die erhobenen Hände schlagen liess und mit einem festen kleinen Druck wieder in die Luft schickte, der in ihren nackten Füssen sich nicht mehr abbildete. Er war noch gegen Mittag da; und als ich mich abends ans Fenster setzte, konnte ich durch einen freien Raum im Laub den jungen Herrn stehen sehen in seinem ausgesuchten Wollhemd und mit hochgerecktem Kinn suchen; und hätte er mich am Morgen erkannt, wäre ich in der Lage gewesen, ihm zu sagen, dass sie vor Dienstagabend nicht wiederkommt, aber er wird das wohl herausfinden in seinem dringenden Verlangen, auch ihr nur ein einziges Mal die Sonnenbrille abzunehmen und ihr zu sagen, was er wieder einmal noch gar nicht weiss. Soll ich ihm was ausrichten?

Mit den schönsten Grüssen,

Uwe.

Einer meiner Lehrer

In Leipzig, der wahren Hauptstadt der Deutschen Demokratischen Republik, gab es einmal in der Germanistik drei Möglichkeiten. Die eine hiess Frings und war der letzte König, die andere hiess Korff. Noch eine hiess Hans Mayer.

Man kann nicht immer auf seine Freunde hören, insbesondere wenn sie sagen: Das einzig Solide ist die Linguistik, komm mit zu Frings.

Die Möglichkeit Mayer betritt raschfüssig den Hörsaal 40, hat es noch auf dem Podium sehr eilig, endlich hinter dem Pult angelangt, beginnt fixes Sprechen. Sehr gespannte Stimme, könnte leicht reissen, phonetisch explosiv. Schöne Jahrhundertdurchblicke.

Irgendein Student macht während der Vorlesungen Aufnahmen von allen drei Möglichkeiten und verkauft sie an Interessenten. Welche Fotografie soll man sich ins biographische Album tun?

Die Möglichkeit Mayer ist aus Gerüchten zusammengesetzt, vorerst. Wir haben es hier mit einem Gast aus der Bundesrepublik zu tun. Er will hier den Marxismus aufs Weltniveau bringen. Im Gegenteil, er hat Streit mit der Partei. Also was nun.

Professor Mayer, prall in meist dunkelblauen Anzügen, Schlips wie gewünscht, Taschentuch in der Brusttasche, eine bürgerliche Erscheinung. Er sagt, vor sich hinblickend, beobachtet von allen vierhundert Plätzen des hoch aufsteigenden Hörsaals, er beginnt gemütlich: Neulich in Budapest... Er schliesst Vorlesungen mit dem Hinweis, dass die nächsten ausfallen, nämlich er muss nach Paris, einen Vortrag halten.

Vor ihm sitzen Studenten, denen Besuche in Westdeutschland für die Ferien und überhaupt untersagt sind. Er weist darauf hin, dass es Paris gibt.

Gefehlt. Professor Mayer berichtet seinen Zuhörern abermals von einer Reise, die Reise war diesmal bloss nach Ost-Berlin gegangen, er sagt mutwillig, mit leerem, wachem Blick gegens Auditorium: »Unser verehrter Alterspräsident –.« Wir waren nicht gegen Pieck. Zwar glaubten wir kaum, dass Übergriffe der Behörden unterblieben wären, »wenn das Pieck wüsste«; nach unserer Meinung erfuhr Pieck nichts mehr. Aber Herr Professor Mayer hatte sich soeben mit einem Symbol des Staates mehr als nötig identifiziert. Im Gegenteil, er hatte sich soeben von diesem Staat und Übergriffen der Behörden distanziert, indem er seine Achtung auf eine Privatperson beschränkte. Also was nun.

Jedoch der *Geist der Goethezeit* ist ein anstrengendes Werk. Und Professor Korff, hört man, hat zwar ausnahmsweise eine Arbeit über einen Roman des zwanzigsten Jahrhunderts angenommen, ein Werk von Rilke allerdings, er soll aber zum Schluss der Unterredung gesagt haben: Wie war doch gleich der Titel des Romans?

Für ein Umsteigen in den linguistischen Zug ist es mittlerweile zu spät.

Nieder mit der Stalinschule des sozialistischen Realismus! ruft Professor Mayer aus. Der Hörsaal, manchmal bis auf die Treppen besetzt, kann ihm nur das Wort »unerträglich« nachweisen. Eine Figur in einem sowjetischen Roman hat ihn gelangweilt. Das ist alles.

Die Literatur ist nicht teilbar! ruft er aus. Nach dem Wortlaut ist aber nur zu belegen: An einer Äusserung J. R. Bechers, des Kulturministers der DDR, über Gottfried Benn, sonst genannt Prototyp volksfeindlicher Dekadenz, weist Professor Mayer sehr ausführlich den Schmerz nach, den der Kulturminister der DDR über den Tod seines Feindes in West-Berlin empfunden hat. – In einem Gespräch mit Brecht...: sagt Professor Mayer. Er ist jemand, mit dem Brecht sich unterhält. Andererseits, zu Thomas Mann soll er Tommy sagen.

Und offenbar nicht biographische Einzelheit, sondern Bestandteil des Lehrstoffs war die Mitteilung jenes Nachmittags, da Hans Mayer zu Hause am Klavier übend sass und auf ein Klingeln – »ich trug da noch kurze Hosen« – die Etagentür öffnete, begrüsst von einer erstaunlichen Dame mit den Worten: Guten Tag, ich bin der Prinz von Theben! – Wollen Sie nicht näher treten: will er gesagt haben, hat die Zeit des Gedichtes eindeutig bestimmt, fährt mit der Analyse fort.

Vor seinen Raum ist die Schleuse des Sekretariats gesetzt. Da sind viele, die warten. Beschenkt sehen die Rauskommenden nicht aus. Zu seinen Sprechstunden muss man sich lange vorher anmelden. Hans Mayer fragt den Kandidaten rasch und erbarmungslos aus, damit der weiss, was er von sich zu halten hat. Dann nimmt er das Angebot einer Arbeit über einen Roman des zwanzigsten Jahrhunderts an, er kennt den Titel, die Behörden haben sich noch lange nicht zu einer Anerkennung des Verfassers entschlossen, Professor Mayer will keine Verteidigung des Verfassers hören, er will eine Arbeit über ihn.

Dann wäre da noch die Sache mit dem Zettel. Die Deutsche Bücherei leiht gewisse Werke der Belletristik nicht ohne Bescheinigung aus. Der Zettel könnte die Sondererlaubnis auf bestimmte Titel beschränken. Das Papier, unterschrieben von Hans Mayer, ist allgemein formuliert. Man kann damit bestellen, was man will.

Kinder, so geht das doch nicht! ruft Prof. Mayer vor dem Proseminar aus. In der Haltung dieses Satzes, ungeduldig steht er vor uns, es ist ihm unerträglich und es ist ungehörig, dass uns Beispiele für Allusion so langsam einfallen. Wir fürchten, ihn gekränkt zu haben, er schiebt die Unterlippe vor; er denkt aber bloss nach. Dummheiten schiebt er warnend beiseite. Jetzt läuft das Seminar, eine Antwort der Studenten ruft die nächste, es stellt sich aber zum Schluss heraus, dass Herr Mayer soeben einen sorgfältigen Vortrag über Allusion komponiert hat.

Ein anderesmal hindert er dreissig Personen mit Erfolg daran, das Gedicht *Erinnerung an die Marie A.* zu rasch zu lesen. Er weist ihnen, mit einer Art Empörung, nach, dass sie das Gedicht ja gar nicht gelesen haben. – Ihnen fällt ja nicht mal am Rhythmus was auf! Er muss das Original leiern, es geniert ihn durchaus nicht. Na? sagt er. Unter seinen Fragen weitet sich das Gedicht zu einer Welt aus. Die Studenten müssen über eine Stunde an dieser Welt bauen. Sie verlassen den Seminarraum und haben im Ohr einen Essay von Hans Mayer.

Es ist nicht wahr, dass Professoren an den Universitäten der DDR nicht heilig wären, von unten gesehen. Sie sind erhabene, dem Alltag entrückte Gestalten mit unsterblichen Geschäften. Selbst die Regierung muss mit jedem von ihnen einen Einzelvertrag ausmachen. Auf den mit Menschen vollgedrängten Korridoren des Volkspolizeikreisamtes in Leipzig schritt ein Herr an einer langen Reihe vorüber, er sah deutlich verkleidet aus in einem hellen Staubmantel, hatte vor Verlegenheit in dieser Umgebung die Hände in den Taschen, den Hut tief in der Stirn, er stutzte neben mir, deutlich jemand, der sich vor der Polizei verstecken will mitten in der Polizei. Dieser Typ, Mitglied einer Hohen Fakultät, zwang mich, ihm die Hand zu geben. – Was machen Sie denn hier: sagte er. – Ich bin auf der Müritz gekentert und muss mir einen neuen Ausweis ausstellen lassen: sagte ich gehorsam. Er kannte mich von einem einzigen Gespräch, von einem einzigen Referat. Ich sollte ihm erzählen, wie mein Ausweis in die Müritz gekommen war. Darauf erzählte er mir, was ihn in diese Räume führte, er bewies mir, dass er mir eine Antwort schuldig war, wie ich ihm. Die Behörde hatte es ihm plötzlich zur Pflicht gemacht, nach der Rückkehr von Reisen im kapitalistischen Ausland in Person sich zurückzumelden. Ratlos und verkleidet ging er davon und suchte das Zimmer, in dem der Augenschein seiner Anwesenheit protokolliert werden sollte.

Die Tradition des studentischen Status bewies sich in den Geschichten, die über Professoren umliefen. Ferne Grössen, waren sie sagenhaft. An Häufigkeiten wurden Mayergeschichten nur von den Blochgeschichten übertroffen. Solche, im Vertrauen mitgeteilt: Mayer hat ein Abkommen mit allen Taxichauffeuren von Leipzig. (Dies Abkommen sollte ich nicht erläutern, da Hans Mayer der einzige ist, der den Wortlaut kennt und ihn in seinen Erinnerungen *Wie ich Leipzig änderte* sowohl mitteilen als auch kommentieren wird.)

Oder dramatische Nachrichten wie diese: Mayer ist von der Strassenbahn abgesprungen. Was? Ja. Die Strassenbahn wartet vor dem Rotlicht, Mayer sieht sich bequem vor den Schaufenstern der Franz Mehring-Buchhandlung und springt auf sie zu. Hinter ihm her ein Polizist, der ihn anschreit: Sie sind eben von der Strassenbahn abgesprungen!

Mayer, Realist: Ja.

Polizist, Polizist: Das kostet Sie Strafe.

Mayer, über die Schulter: Wieviel.

Polizist, hoffnungsvoll: Wissen Sie nicht, was es bedeutet, von der Strassenbahn abzuspringen?

In der Franz Mehring-Buchhandlung erscheint Prof. Dr. Hans Mayer, Direktor des Instituts für Geschichte der Nationalliteraturen und all das, er hat einen Schlips um und all das, er hat in seinem Gefolge einen Menschen in Uniform, der nicht ablässt, ihm von hinten etwas zuzusprechen. Das stört. Herr Prof. Dr. Mayer verhandelt mit den Verkäuferinnen, es geht ihm um ein bestimmtes Werk, sieben Bände, er spricht von Rabatt. Der Mensch in Uniform zerhackt die Verhandlungen aus dem Hinterhalt mit der unermüdlichen Frage: Wissen Sie nicht, was es bedeutet, von der Strassenbahn abzuspringen? Hans Mayer, von den verwirrten Angestellten um Erklärungen befragt, weiss sie nicht. – Der Mensch will Geld von mir. Ich hab's ihm sofort angeboten. Das ist ihm nicht genug, er will mich überzeugen. Verstehe den Menschen nicht.

Oder gestische Zitate. Wenn einer der Freunde vom linguistischen Zweig in einem Gespräch über Anthropologie oder Truppenbewegungen statt zu antworten einen Finger zwischen Nacken und geschlossenen Hemdenkragen würgte und auf so beengtem Hals unbehagliche Kopfbewegungen ausführte, war zu verstehen: Dies würde Mayer nicht freuen. Oder: Da wüßte nicht mal Mayer.

Und Abstand bewies sich, wenn nach Gesprächen über die Anlage der Prüfungsarbeit und über Probleme der Literatur, die von den Behörden nicht anerkannt wurden, wenn andere Leute die Intimität von Verschwörern in die Luft des Büros gelassen hätten, Abstand war die Etiquette, wenn der Schüler am Schluss der Beratung sich eine Frage herauszunehmen hatte mit der Anrede: Herr Professor.

Herr Professor, ich habe hier ein Manuskript, Roman, und bin mir bewusst, dass Ihre bemessene Zeit … ich bitte Sie um Ihre Meinung. Ich bitte Sie nicht um Ihre Vermittlung, da es in diesem Lande an keine Anstalt zu vermitteln wäre, ausgenommen eine disziplinarische. Was Sie meinen.

Prof. Mayer, die Beine so unbequem übereinandergeschlagen wie drei Minuten vorher, äussert sich nicht über die strafrechtlichen Implikationen, sondern versichert: Meine Meinung, sollen Sie haben, geben Sie's mir dann später. Nach dem Examen les ich's. Bis dahin müsse man für den Prüfer ein Prüfling bleiben.

Und Abstand, korrekter Abstand zwischen Lehrer und Schüler bewies sich, wenn der Unbedarfte in der Examensklausur eines der Themen zum Anlass nahm, um ausgehend von den Ergebnissen des XX. Parteitags der KPdSU und ausgehend von einer Äusserung eines behördlich lizensierten Schriftstellers, einen Realismus des Realismus zu beschreiben, und dann nicht etwa von seinem Lehrer, sondern vom Dekan die Mitteilung erhält: die Philosophische Fakultät weigere sich, diese Arbeit anzunehmen, und erkläre das Examen für abgebrochen.

Und Abstand, schlicht die Unmöglichkeit, Professoren zu kennen, bewog zwei Mädchen dazu, einen halben Nachmittag unter ihren Sachen zu prüfen, was denn nun chic genug wäre für einen Besuch bei Prof. Dr. Mayer und die Bitte, mich dennoch zu prüfen. Ich konnte es nicht verhindern. Er soll sich verblüfft gezeigt haben.

Die Prüfung fand sowieso statt und war eine Unterhaltung. Es hätte Cognac geben dürfen, wäre da nicht der Beisitzer gewesen. Es war ein reichlich skeptisches Gespräch aus Vergleichen zwischen einer vorhandenen Theorie der Literatur und der Theorie des sozialistischen Realismus, der Prüfling lehnte sich mitunter bequem zurück und klemmte die Daumen in die Gesässtaschen und sagte: Ach, wissen Sie... Das Examen wurde später für bestanden erklärt.

Danach, unverfroren wie ein Absolvent, begann ich, die Fortsetzung solcher Gespräche zu wünschen. Die Gelegenheit schuf in einem Herbst Hans Mayer mit einem Aufsatz, der in der *Wochenzeitung für Kultur, Politik und Unterhaltung* eine Seite einnahm und die zwanziger Jahre der Literatur mit der halbgeteilten der fünfziger Jahre verglich. Es war darin die Rede von dem Positiven, das Erich Kästner schon damals nicht gefunden habe, und da war die Ermahnung, darüber sich nicht zu wundern, so lange Kafka ein Geheimtip sei. Freier Mensch der ich war, ging ich in eine Telefonzelle und rief Herrn Mayer an. (Herr Mayer.) Und er sagte: Wo sind Sie und Kommen Sie her.

Von da an der Status von heute. Auch die Wohnung in der Leipziger Tschaikowskistrasse hatte eine Schleuse. Es war die Küche, unerhört reinlich und kahl, in der man zu warten hatte, bis die Vermieterin, die auch die Haushälterin war, sich im Türrahmen manifestierte und sagte: Herr Professor ist jetzt fertig mit dem Diktat. Hier lang. Auf dem Flur hingen Fotografien, die Schriftsteller beim Fotografiertwerden zeigten. Im Besuchszimmer stand der Gästesessel neben den Regalfächern für die Zeit von 1800 bis 1840, und der Besucher hatte das Licht im Gesicht, so dass er sein Gegenüber nicht genau erkannte.

Das ist nichts, womit Sie aufhören dürften! sagte der Student von eben noch, und

Hans Mayer erzählte die Schicksale des Artikels und Verhältnisse im Deutschlandsender und wo er inzwischen wieder mal gewesen war, ich glaube Prag gehört zu haben, aber es wird Warschau gewesen sein, und dass er im Adlon das Steak habe zurückgehen lassen. – Franz (oder Bruno etc.)! habe er gesagt. Und dann kam das neue Steak und war, obgleich an der Wilhelmstrasse gebraten, wie jemand es haben will, der einige Jahre in der Schweiz hat leben müssen.

Über die literarische Opulenz hatte jener Artikel geheissen. Opulenz war fortan in jenem Lande ein häufiges Wort.

Ein mehr kulinarischer Ausdruck, Beweis für die genusssüchtigen Erwartungen, die Hans Mayer ans stiftende Schrifttum stellt. Hans Mayer, gefolgt von Gästen und Assistenten, betritt Auerbachs Keller. Er wird von sämtlichen Obern begrüsst, mit erinnernder Mimik, auch brüderlich. Er sagt dem Zahlkellner etwas Rasches. Danach setzt er sich irgendwohin, mit dem Gehaben eines Blinden, und betrachtet das Tischtuch, dabei alert, startfertig. Er verlässt sich auf den Spiegel seines Bildes. Und: Kinder, das könnt ihr doch nicht machen! ruft er, – dies ist mein Kollege Emrich, Fachmann für Entfremdung, und, ruft er: Dies ist Günter Grass, Sie werden sich noch wundern. Der Herr hat auf mein Bitten hin etwas vorgelesen, er ist naturgemäss erschöpft. Bringen Sie ihm die Sache kalt! So haben die Kellner in Auerbachs Keller, im Hotel International und anderen Separés der Hauptstadt Leipzig ihre ersten Ermunterungen empfangen, Kafka und Grass zu lesen.

Lehrer, der er ist, schmiss er mich nicht raus, nachdem ich ihn in einem Herbst, zwischen seinen eigenen Möbeln, über die Innenpolitik des Landes belehrt hatte. Er fragte mich nach meinen Verhältnissen. Dann stand er, die linke Hand mit dem Manuskript unter der Lampe, die rechte am Hinterkopf. Später lernte ich den Vater eines Radrennfahrers kennen, der hatte, in vergleichbarer Situation, dieselbe Gebärde an sich.

Und Herr Professor Dr. Hans Mayer sagte:

Ich hab's jetzt gelesen.

In dem Buch wird zuviel gegrinst.

Es sind Schüler in dem Buch: sagte ich. – Herr Professor: sagte ich. – Was hätten sie machen sollen, 1953.

Nun gehen wir in die Einzelheiten. – Wenn Sie etwa glauben, dass das Wort Konstruktion in der Ästhetik Platz greifen sollte ...

Und er sagte:

Neulich in Frankfurt, könn' sich ja denken.

Hab ich Peter Suhrkamp davon erzählt.

Finde im Grunde, ist im Grunde für den nicht gut genug.

Machen Sie was dran.

Natürlich waren seine Hinweise druckreif, und haben mich lange beschäftigt. Hans Mayer wollte meine Zeit nutzen.

Danach Briefe, auf die er kaum antworten konnte. Es stand nur darin, was so gefällig war. Als ich ein anderes Buch geschrieben hatte und die Vorgänge vor meinem Fenster mir die Erkenntnis nahelegten, dass es in jenem deutschen Teil vorläufig nicht gedruckt werden würde, verliess ich den Teil, und einen meiner Lehrer auch.

Hans Mayer kam später. Jetzt sind es Hotels und Kellner in Hannover, die wissen, was ihm nötig ist. Ich habe ihn begrüsst, als er kam, er war jetzt wieder für mich erreichbar, aber ich habe mich auch erinnert an den Schüler, der ich in Leipzig war, und mir die vorgestellt, die da seine jetzt nicht werden können, und ich dachte: Schade.

»Gewiss, es ist ihm eine Sache schief gegangen in Westberlin.«
Zu Witold Gombrowicz

Mme. Dominique de Roux
L'HERNE
41 Rue de Verneuil
Paris 7

Madame:

Ihre Anfrage enthält einen Vorwurf. Sie vertrauen auf eine Darstellung, nach der Herr Gombrowicz während seines Aufenthalts in Westberlin vom Mai 1963 bis Mai 1964 »völlig isoliert« gewesen sei, dass »niemand mit ihm sprach«. Wenn Sie diese Pauschale um die Tatsache erleichtern, dass er über seine Kontakte und Gespräche während dieser Zeit ein Buch veröffentlicht hat, mag ein Rest von Alleinsein bleiben. Offenbar halten Sie diesen Rest für ein Unglück. Offenbar suchen Sie für dies angenommene Unglück Schuldige. Sind die Rundfunktechniker eines Ortes schuld, wenn einer von ihnen allein lebt? Sind es die Theologen eines Ortes? Sind es die Schriftsteller? Erlauben Sie mir die Vermutung, dass es auch in diesem Gewerbe die persönlichen Anlässe sind, die eine persönliche Beziehung begründen oder behindern, oder es sind Haltungen ausserhalb des gemeinsamen Berufs, der immerhin weniger als andere eine wechselseitige Berufsberatung zulässt oder benötigt. Überdies bedarf der Versuch der Verständigung zumindest der Illusion, es werde Verständigung gewünscht. Gegen solchen Anschein verteidigte sich Herr Gombrowicz mit seinem Alter, seinen betonten Formen, seiner Insistenz auf

Distanz und einer eigenwilligen Lösung des Sprachenproblems. Sie werden nicht nachträglich ein Recht auf Fürsorge beantragen für einen Herrn, der schon Erkundigungen zurückweist, die sich auf Schwierigkeiten des berliner Lebens für einen Fremden beziehen. Sie werden nicht karitative Ansprüche stellen für einen Herrn, den sein Stolz daran gehindert hätte, eine Notlage überhaupt einzugestehen.

Gewiss, es ist ihm eine Sache schief gegangen in Westberlin. Er versuchte eine alte Form des Umgangs einzuführen, mit der Gründung eines Tisches, einer Runde, eines Clubs, mit Herrn Gombrowicz als Präsidenten. An dem verjährten Rezept mochte eben noch die regelmässige Treffzeit stimmen, oder auch noch das zentral gelegene Lokal, obwohl weder Herr Gombrowicz noch einer seiner Mitspieler dessen Service ausreichend fand; was nicht mehr stimmte, war das Konzept des Literatencafés, das Bedürfnis nach Vereinsleben, Diskussion statt Ausübung des Berufs. Vielleicht war es zu allem Überfluss auch noch die falsche Stadt. Wahrscheinlich hat Herr Gombrowicz aufgegeben, als er begriff, dass seine Partner diesen Versuch, wenn auch ohne Zuversicht, so doch ihm zuliebe oder aus Respekt vor ihm mitgemacht hatten. Es ist vorstellbar, dass er das nun wieder als Zudringlichkeit empfand.

Da Herr Gombrowicz die Grenzen gegen andere selbst erbaute, nahm er sich das Recht, sie von seiner Seite aus nach Belieben zu missachten. Er zeigte sehr förmliche Ideen von der Führung eines Gesprächs, fast wie von einer Kunst, und eine der Konsequenzen war das Aufkommen von Verlegenheitsfragen, etwa der nach einer Polenreise. Der Frager konnte in diesem Stadium der Bekanntschaft lediglich Bemerkungen über Visaschwierigkeiten oder polnische Kulturpolitik erwarten, und Herr Gombrowicz teilte mit: Dort sei sein Tod. Dort warte sein Tod auf ihn. Er sei im Grunde hier in Berlin seinem Tode schon zu nahe. Das geographische Detail und die dringliche Mimik nahmen der Auskunft das Metaphorische und versorgten die Anwesenden mit der Vorstellung des hier öffentlich sterbenden, toten, aufgebahrten, unter die Erde gebrachten Herrn Gombrowicz. Auf diese Weise war eine Beziehung auch einmal durch sein Dazutun entstanden, jedoch eine unberatene, denn wer den Vorfall als einen Ausbruch von Verzweiflung nahm, hatte weiterhin die Wahl zwischen einer Lust an der Selbstdarstellung und einer Freude am Schock, denn Herr Gombrowicz drückte das Gespräch zurück in seine abstrakten Bahnen und war gegen weitere Erörterung jenes Themas ja ohnehin gesichert und gefeit. Die unverhoffte Intimität war nicht abgefangen durch ein Netz vorbereitender Kenntnis, Unterredung, Gewöhnung, und so zerschlug sie eher den Rapport, statt ihn wachsen zu machen. Er hatte sich gezeigt; er hatte sich unkenntlich gemacht.

Ein anderes Beispiel erlebte der Besucher eines Krankenzimmers, in dem bereits Herr Gombrowicz neben dem Bett sass. Der möglichen Unterhaltung zu dritt wich Herr Gombrowicz aus, wiederum mit seinen hervorgehobenen Manieren und der unerbetenen Andeutung, dass sein Recht auf Anwesenheit womöglich das geringere sei: als sei eine auch nur geringfügig vertrauliche Situation schon eine Gefahr, als hätte er von jedermann Feindseligkeit wie Freundlichkeit gleicher Massen zu fürchten, so dass er dann lieber gleich auf die Beziehung überhaupt verzichtete.

Dies sind die drei Gelegenheiten, bei denen ich ihn sah. Eine Art Einsamkeit, ja. Aber war Trauer ihr einziger Aspekt? Denn wer zulässt, dass seine Einsamkeit in seiner Umgebung besprochen wird, setzt sich auch dem Verdacht aus, er werde Besucher empfangen mit Unmut über die Störung bei diesem inspirierten Geschäfte. Und es war eine Einsamkeit, die eine Telefon besass, und die Nummern anderer Telefone. Eine schweigende Einsamkeit, gewiss, es ist respektabel, aber nicht allewege praktisch zum Leben, weder mit anderen noch allein. Hoffentlich half ihm die Gewissheit, dass er es so wünschte.

Mit den besten Empfehlungen,
Ihr sehr ergebener
Uwe Johnson.

An den Merkur.

Frau Dr. Margret A. Boveri
aus Häusern kommend, auf Häuser aus
lebt schliesslich in einer Baracke
die seit langem amtlich
als Adresse bekannt ist.

Der Internationale Katzenvertrag (I.C.U.)
auch namens der Redaktion von *Cats' Daily*
ernennt sie zum Mitglied im Range eines
Abbé
und wünscht ihr Glück
für die Zeit nach diesem Geburtstag.

Gibraltar, den 14. August 1970.

Für das Sekretariat:

Uwe Johnson.

Dead Author's Identity In Doubt; Publishers Defiant

– In the New York Times, I always
turn to the obits page first:

Wystan H. Auden

Special to the New York Times

Cobh, Ireland, August 25 – In this quaint little city a new chapter is being unfolded in the life of the German author Uwe Johnson that ended last week, when this newspaper mentioned his death in a report about the heavy casualty rate among passengers in the meandering hallways at Orly airport, France.

Mr. Johnson, who until now was credited with numerous works of fiction, may not be the author for any of them, according to Thomas Shean, attorney at law in Cobh, which has lost much of its importance as a port for transatlantic liners.

Mr. Shean yesterday filed a will that he had drawn up several years ago, when the deceased fiction personality passed through Cobh on a search for a house. The peculiar thing about the will is that about seven hundred typewritten pages are attached to it. Apart from the usual bequests to the family, the sheaf of legal size paper is said to contain an irregular diary for the years 1958 to 1968, with literary criticism and biographical passages strewn throughout. What puzzles the lawyer, who disclosed the story in his small and dusty office to this correspondent, is that the literary criticism is directed at the works published under the name of

Uwe Johnson, that it undoubtedly is written in his own hand, and that he disclaims any authorship of the books he is reviewing in his legacy.

The biographical part, until 1958, is loosely identical with the promotion copy given out during the lifetime of Uwe Johnson. He was born, 1934, in Pomerania, in the now Polish part, and spent his childhood until 1945 in a small town on the river Peene. From then on until 1954 he was in Mecklenburg, another province in Northern Germany, first in a village, then in a country town on the river Nebel, where he graduated from high school, and then in Rostock, where he began to study the history of German literature. Rostock is situated on the river Warnow, which flows into the Baltic sea there. In 1956 he graduated from Leipzig University, which is named after Marx, the economic analyst, and was ready for an academic career, when the State Youth organization, whose functionaries he had often angered by his comments on their actions and beliefs, interfered with his installation at a university and made him unemployable at any similar institution in the part of Germany not under U.S. control. It was at that time also, that Mr. Johnson submitted a novel to a state-owned publishing house in Communist Berlin and, when it was rejected, to Peter Suhrkamp, a grand old man in the Western field of publishing, who dismissed it too, following the advice of an aide.

In this interesting situation, excluded from his type of work, barred from hopes of poetic fame, Mr. Johnson accepted an offer that literally made him another man. It sent him to the Western world, into a life of modest affluence and into the circles of authors which otherwise would have been beyond his reach. His family is of peasant origin.

Became Author

An unidentified person, whose name the writing in the legacy often threatens to expose but never does, asked Mr. Johnson through intermediaries whether he would be interested in taking a manuscript to the West and posing as its author, for a consideration. The time of the negotiations is given as early 1958. Mr. Johnson thought the manuscript, entitled *The German Reich Railway*, not without literary merit, and as he had to regard his chances in the then German Democratic Republic as spent, he welcomed an easy beginning in the West and agreed to the stipulations of the unknown party. He changed the title of the manuscript to *Conjectures about Jakob* and took it to the Suhrkamp publishing house in Hesse, one of the, geographically, middle provinces in the then Federal Republic of Germany. The publishers accepted the book, a 330-page novel, for publication, though hesitantly, because of Mr. Johnson's previous reputation as an author.

What followed was not the comfortable existence of quiet speculation, but a life by instruction. He was advised to carry out any publicity effort the publisher deemed necessary, and so Mr. Johnson had to appear at boring parties, talk to strangers about his feelings, read from the book on radio and television and at smalltown »Dichtung« clubs, and was expected, over and over again, to explain what the book, in the final analysis, meant to say. Mr. Johnson was at that time, as far as the clippings of the period yield, in more than one respect fit for this role. He had been trained in the theory of the novel, and was able to discuss intelligently even general problems of literature with people he fooled into believing that he was one of their peers. He had, furthermore, the important quality of not really looking like a man who wrote in the manner of *Conjectures.* He was, in 1959, a tall, sturdily built man of reticent and somewhat formal behavior, who seldom smiled. He fulfilled his part of the agreement with the actual author or authors through about ten years and four more books, and only then began to show the first strains. He took to refusing to say what the novels under his name were *meant* to say and responded to quests for the symbol just by repeating what the books *contained.*

A Planned Life

The instructions from the provider of the manuscripts, according to the version in Mr. Johnson's legacy, covered not only his »professional« appearances, but also large stretches of his private life. The orders, which arrived in the second week of each month, together with the handsome wages, from an American Express agency in Stockholm, told Mr. Johnson also where to live, where to travel, and what to wear. This meant that he had to live for six years in West Berlin, the part occupied by the three Western Allies, the U.S.A., Great Britain, and France, as a consequence of World War II, and had to explain the choice of residence by professing he liked the climate. The climate of West Berlin is not different from that in East Berlin. It meant that he had to live in Rome, to go to the United States, to return to West Berlin, to travel for two absurd days to Switzerland, to spend certain months entirely at lecturing, to return to the United States, to stay there, without ever knowing the pattern of the commands. He was asked to wear a black leather jacket whenever possible, never let himself be photographed without his glasses and, as a special favor to the sponsor, to have his marriage held in the Roemer in Frankfurt, a historic building. It seems, following the legacy's recounting, that he had to mention phillumelia as a boyhood hobby. In one case, he was forced to decline a drink.

Crisis Begins in New York

In early 1966 it was arranged for Mr. Johnson to go to New York, the city on the Hudson, and to take a job, because he had complained about increasing difficulties of killing the time. This assignment consisted of actual work at full office hours, but even so, he was still often at a loss as to what to do with himself. In the earlier years of his life as a, as it were, representative he had soon failed to while a day away with books or movies and had to resort to the more sophisticated method of riding the subways of the city he happened to be in for half days, watching people and scrutinizing the system maps. But in the repetition the process lost its effect, and he began to discover a new way to fill unoccupied hours, and weekends. This was the habit of writing by himself. It is supposed that the bulk of the legacy was drawn up in the years 1967–1969, and if we assume an output of three pages a day as no mean achievement for a person without practice in the métier, he may not have had much playtime on his hands. He committed to paper, with great detail, incidents in his life before the fateful year 1958, speculations about the intentions of the real authors and, with great zest and bitterness, attacked the fiction that bore his name and that, after all, nobody is in a position to know as intimately as he did. There is also a »Contribution to the Jargon of Upper Riverside Drive, with Notes on the Phonetic System.« But the regular work on what seems to have been meant as a justification of his existence had not the tranquillizing effect it has on the expert. There was much time spent in Irish bars on Third Avenue. There was an occasion when Mr. Johnson refused V.I.P. treatment at Tempelhof airport, West Berlin, and created an uproar. There was a flight to Stockholm on a weekend, to investigate the American Express office, which was, of course, closed. There was a growing reluctance to appear at literary functions and to talk about literature, let alone the books by »Johnson.« His state of mind was further impaired, it transpires from the legacy's thick and curly handwriting, by the obligation to spend the office hours of one entire year in a cubicle at a New York publishing house, without work, and effect the manners of somebody who writes, and is a novelist. To escape the degradations and aggravations of his hollowed-out life, he seems to have been ready for a rather eccentric step. This was hinted at by an employee of the Turkish Embassy in Washington, D.C., who wishes his name to be withheld. It is almost sure that Mr. Johnson was prepared to disappear.

Why not Earlier?

It is safe to assume that, for some years, Mr. Johnson managed to enjoy his part of the contract he had signed as an unexperienced graduate fresh from academy. Not that there is much fun to be found in the contemporary literary scene (see this newspaper's section 7), but it certainly must be acceptable to participate in it without really being guilty. He did not even have to learn what the public actually thought of »Johnson's« books, because there was a set-up to relay all professional mail to the office of his employer's lawyer. As the sale of »Johnson's« books was modest, and did not amass much more than the salary paid, he did not even have to feel shortchanged, financially, that is. He could afford most of his wishes. There was also some private life. The manuscript in Cobh mentions a plan to arrange his own writings more systematically and to publish them under an assumed name. There is a credible theory that a number of poems in Little Magazines, the author of which cannot be traced beyond his post office box, are from the pen of Mr. Johnson. The poems are plays on linguistics, and signed with the initials J.U. The prospect of a gradual reconciliation with the requirements of the thirty-year agreement was suddenly shattered when, after years of scant communication, Mr. Johnson was informed by two days' notice that a new manuscript would be handed over to him at Orly airport, France. It emerges form the legacy's almost illegible handwriting that Mr. Johnson was incited by the instruction to tell the press on departure that »his« new book would have the title *96th and Broadway,* that it was a novel, and that it dealt with the locale indicated. To understand Mr. Johnson's indignation, it should be noted that he himself had lived in the vicinity of that street corner and had passed there two times every day. What he obviously could not bear was that everything was made to appear as if he himself had written this new book and that he would be held responsible for the contents in a much more personal way than was the case with the earlier productions. In addition, Mr. Johnson was irked by the suspicion that his employer had lived around 96th Street and Broadway at the same time as he, and that a watch might have been kept on him.

Mode of Operation

Mr. Johnson intended to take the manuscript with him from Orly to the place of his disappearance, read it, and hide it forever.

Paris Police Unshaken

Paris police pronounce they see nothing unusual in the unfortunate incident that happened and was discovered last Thursday at Orly airport. Orly serves Paris, the capital of France, and its suburbs.

Disappointed Reactions

Friends of Mr. Johnson in the Upper West Side area of Manhattan recalled last night that the deceased impostor had given them the impression of being a stable person. His occasional sad posture had been interpreted as fatigue. He is said to have looked like »the man of diligent work,« and nobody had been aware that Mr. Johnson, after hours of amiable conversation, would leave with no other purpose than to ride the subway, just to get the rest of the day over with. Mr. Johnson is said to have loved the outdoor scene. He was a connoisseur of what we would call the Boston steak tradition, and he had won respect in a Chinese restaurant. The general reaction of these acquaintances to the strange news was that, as Mr. Johnson was not the novelist they saw in him, their friendship had been betrayed.

Dublin Postmark

The manuscript dispatched by Mr. Johnson before his departure arrived in Cobh under a Dublin, Ireland, postmark. Cobh is a fishing city on a wide bay, of former transatlantic liner fame.

No comments

The German »colleagues« of Mr. Johnson have declined comment. Generally informed habitués of the literary exchange indicate that the silence may be caused by the host of put-ons placed in the news by the Sunday Times of London, which is not to be confused with this newspaper.

Number of Children Unknown

Mr. Johnson leaves a wife and a number of children not established by this correspondent.

Sister Cites Clue

The sister of Mr. Johnson recalled in a telephone interview that he had lately acquired the habit of quoting, when slightly drunk, the promise of a radio personality to get Mr. Johnson an announcer's job in case his literary career should falter. She said he was always deeply moved when he spoke of that noble gesture. She would not elaborate.

Papers to Be Published

The German publisher of Mr. »Johnson's« work has declared the news development a »hoax« but has nevertheless sent a vicepresident to Cobh to obtain the copyright of the manuscript left by a man who had not written as a ghost but had led the life of one. Giangiacomo Feltrinelli, the wealthy Communist, is also reported bidding. Cobh is in the county of Cork, Ireland. It is connected to the city of Cork by a railway service along the river Lee which provides a scene of romantic beauty. The publication rights are administered by a little-known journalist named Mike S. Schoelman, who so far has not been associated with one of the major publication coups of our time and does not know Mrs. Alliluyeva personally. Alliluyeva is the maiden name of Mr. Dshugashvili's second wife. Mr. Dshugashvili called himself Stalin. Alliluyeva is the name used by the daughter of Stalin when she works on jobs in the U.S. For sale are also the rights to turn Mr. Johnson's life into a movie. Mike S. Schoelman, Mr. Johnson's prospective biographer, said that parts of the manuscript posted in Dublin have the appearance of being written in code, especially an analysis of the changes of New York subway maps, and might contain clues leading to the person or persons or organization behind Mr. Johnson, if not to more. Spot checks in places of Mr. Johnson's youth have shown that people in Guestrow, on the Nebel river, or Leipzig, on the Pleisse river, do not recognize him in photographs. As a spokesman for the Defense Department points out, there is a possibility that the entire East German part of Mr. Johnson's »biography« has been fabricated and that he has been engaged in espionage activities under the cover of a leisured novelist. He also said that the name Johnson sounded suspicious. Meanwhile Cork police find themselves unable to locate Mr. Johnson's surviving family in Cork county and are convinced, in the words of detective Thomas Shean (no relative), that still another chapter will be »unfolded« in the life of the intriguing Mr. Johnson, wo died last Thursday at Orly airport near Paris, in his sleep.

Identität des verstorbenen Autors zweifelhaft; Verleger verweigern Auskunft

»Das erste, wonach ich in der New York Times suche, ist die Nachruf-Seite.« *Wystan H. Auden*

Sonderbericht an die New York Times

Cobh, Irland, 25. August – in dieser malerischen kleinen Stadt wird ein neues Kapitel im Leben des deutschen Autors Uwe Johnson aufgerollt, eines Lebens, das erst in der vergangenen Woche sein Ende fand. Unser Blatt berichtete darüber im Zusammenhang mit einem Artikel über die hohe Sterblichkeitsrate der Passagiere in den weitverzweigten Gängen des Flughafens Orly, Frankreich.

Nach Mitteilung von Thomas Shean, Rechtsanwalt in Cobh (einer Stadt, die viel von ihrer Bedeutung als Transatlantik-Hafen verloren hat), dürfte Mr. Johnson, der bis zu diesem Tag als Verfasser zahlreicher Bücher galt, kein einziges davon selbst geschrieben haben.

Anwalt Shean legte gestern ein Testament vor, bei dessen Abfassung er selbst vor mehreren Jahren mitgewirkt hatte, als der verstorbene Literat auf der Suche nach einem Haus durch Cobh gereist war. Die Besonderheit des Testaments besteht darin, daß ihm etwa 700 maschinegeschriebene Manuskriptseiten angeheftet sind. Neben den üblichen Nachlässen an die Familie enthalten die DIN A-4-Bogen in der Hauptsache ein in unregelmäßigen Abständen geführtes Tagebuch der Jahre 1958 bis 1968, ergänzt durch literaturkritische Kommentare und biographische Notizen. Der Rechtsanwalt, der diese Enthüllungen in seinem kleinen und staubigen Büro unserem Korrespondenten gegenüber machte, betrachtet es als besonders merkwürdig, daß sich die in den Notizen enthaltene Kritik ausschließlich gegen jene Werke richtet, die unter dem Namen Uwe Johnson erschienen sind; die Kommentare sind ohne jeden Zweifel in seiner eigenen Handschrift gefaßt, und der Verewigte bestreitet darin jede Urheberschaft an jenen Büchern, zu denen er in seinem Nachlaß Stellung nimmt.

Der biographische Teil, der bis 1958 reicht, ist im allgemeinen mit dem Lebenslauf, der zu Lebzeiten Uwe Johnsons als Pressematerial ausgegeben wurde, identisch. Demnach wurde er 1934 im heute polnischen Teil Pommerns geboren und verbrachte seine Kindheit bis 1945 in einer kleinen Ortschaft an der Peene. Bis 1954 lebte er in Mecklenburg, einer anderen norddeutschen Provinz, und zwar zunächst in einem Dorf, dann in einer Kleinstadt an der Nebel, wo er auch die Oberschule abschloß, und schließlich in Rostock, wo er mit dem Studium der deutschen Literaturgeschichte begann. Rostock liegt an der Warnow, die dort in die Ostsee mündet. 1956 promovierte er an der Leipziger Universität (benannt nach Marx, dem Wirtschaftsanalysator), und war damit für eine akademische Laufbahn gerüstet. Die staatliche Jugendorganisation, deren Funktionäre oft an seinen Kommentaren über ihr Wirken und Handeln Anstoß genommen hatten, verhinderte jedoch seine Berufung an eine Universität und schloß ihn von jeder Beschäftigung an ähnlichen Instituten in jenem Teil Deutschlands, der nicht unter amerikanischer Kontrolle steht, aus. Zu diesem Zeitpunkt geschah es auch, daß Mr. Johnson einem staatlichen Verlagshaus in Ost-Berlin einen Roman anbot; als das Manuskript dort abgelehnt wurde, reichte er es an Peter Suhrkamp weiter, dem großen, alten Mann der westlichen Verlagswelt, der es jedoch auf den Rat eines Mitarbeiters hin ebenfalls ablehnte. In dieser interessanten Lage – ausgeschlossen aus seinem Arbeitsgebiet und aller Hoffnungen dichterischen Ruhmes begeben – nahm Mr. Johnson ein Angebot an, das ihn buchstäblich in einen anderen Menschen verwandelte. Es verpflanzte ihn in die westliche Welt, in ein Leben bescheidenen Wohlstandes und in Literatenkreise, die ansonsten wohl jenseits seiner Reichweite gewesen wären. (Seine Familie ist bäuerlichen Ursprungs.)

Wie er Schriftsteller wurde

Eine nicht identifizierte Person – die Preisgabe ihres Namens wird im Nachlaß mehrmals angedroht – ohne daß sie jedoch wirklich folgt – erkundigte sich über Mittelsmänner bei Mr. Johnson, ob er daran interessiert wäre, ein Manuskript in den Westen zu bringen und sich als dessen Autor auszugeben. Als Zeitpunkt dieser Gespräche wird der Anfang des Jahres 1958 genannt. Johnson befand das Manuskript mit dem Titel »Die Deutsche Reichsbahn« als literarisch akzeptabel, und nachdem er seine Zukunftschancen in der damaligen Deutschen Demokratischen Republik als gescheitert betrachtete, erschien ihm ein Neubeginn im Westen als willkommen. Er stimmte also den Vorschlägen der unbekannten Person zu. Er änderte den Titel des Manuskriptes in »Mutmassungen über Jakob« und überreichte es dem Suhrkamp-Verlag in Hessen, einer der – geographisch betrachtet – mittleren Provinzen der damaligen Bundesrepublik Deutschland. Der Verleger nahm das Buch – ein Roman von 330 Seiten – zur Veröffentlichung an, freilich erst nach einigem Zögern aufgrund von Mr. Johnsons Ruf als Autor.

Was nun folgte, war nicht die bequeme Existenz geruhsamer Erwartung, sondern ein Leben auf Befehl. Er wurde angewiesen, jederzeit in der Öffentlichkeit in Erscheinung zu treten und alle diesbezüglichen Wünsche des Verlegers zu erfüllen: Mr. Johnson mußte also langweilige Partys besuchen, Unbekannten seine Gefühle offenbaren, im Rundfunk, Fernsehen und vor Literaturzirkeln der Provinz aus seinem Buch vorlesen; außerdem wurde von ihm erwartet, daß er immer wieder zu erklären bereit war, was er mit seinem Buch aussagen wollte. Allerdings war Mr. Johnson zu jenem Zeitpunkt – soviel geht aus den Zeitungsausschnitten der damaligen Periode hervor – für diese Rolle durchaus geeignet. Er kannte sich in der Theorie des Romans aus und war in der Lage, allgemeine Probleme der Literatur intelligent zu diskutieren und seine Gesprächspartner dabei zu der Ansicht zu verführen, daß er einer ihresgleichen sei. Darüber hinaus hatte er den wichtigen Vorzug, nicht wirklich wie ein Mann auszuschauen, der im Stil der »Mutmassungen« schrieb. Das Jahr 1959 sah ihn als großen, kräftig gebauten Mann von zurückhaltendem und vielleicht etwas formellem Benehmen, der nur selten lächelte. Redlich erfüllte er seinen Teil des Abkommens mit dem wahren Autor (oder den wahren Autoren) über einen Zeitraum von rund zehn Jahren und vier weiteren Büchern, erst dann begannen die ersten Anzeichen seelischer Belastung in Erscheinung zu treten. In zunehmendem Maße weigerte er sich, zu sagen, was die unter seinem Namen erschienenen Romane wirklich bedeuteten; Fragen nach dem Symbolgehalt seiner Bücher beantwortete er, indem er einfach wiederholte, was in den Büchern zu lesen stand.

Ein geplantes Leben

Wie aus Mr. Johnsons Testament hervorgeht, umfassen die Anweisungen seines Auftraggebers nicht nur sein »berufliches« Auftreten, sondern auch weite Abschnitte seines

Privatlebens. Aus den Aufträgen, die zusammen mit ansehnlichen Summen – übermittelt von einem Büro der American Express Company in Stockholm – in der zweiten Woche eines jeden Monats eintrafen, erfuhr Mr. Johnson, wo er sich aufhalten mußte, wohin er zu reisen hatte und was er anziehen sollte. Das Ergebnis war, daß er sich sechs Jahre lang in Berlin aufhalten mußte (jenem Teil der Stadt, der von den drei Westmächten – den USA, Großbritannien und Frankreich – als Folge des Zweiten Weltkrieges besetzt ist); die Ortswahl mußte er mit der Behauptung rechtfertigen, daß ihm das Klima besonders zusage. Jedoch ist das Klima West-Berlins nicht anders als das Ost-Berlins. Aufgrund seiner Aufträge mußte er ferner in Rom leben und die Vereinigten Staaten besuchen, nach Berlin zurückkehren und zwei absurde Tage lang durch die Schweiz reisen. Gewisse Monate mußte er zur Gänze auf Vorlesungstournee verbringen, und schließlich war er gezwungen, in die Vereinigten Staaten zu übersiedeln, ohne daß er sich je über das Schema der Befehle klar wurde. Er wurde aufgefordert, möglichst immer eine schwarze Lederjacke zu tragen, sich niemals ohne seine Brille fotografieren zu lassen und sich – offenbar ein besonderer Wunsch seiner Drahtzieher – im Frankfurter Römer, einem historischen Gebäude, trauen zu lassen. Gemäß der Schilderungen im Testament veranlaßten ihn seine Auftraggeber auch zu der Erklärung, daß er in seiner Jugend Streichholzschachteln gesammelt hätte; und in einem Fall wurde ihm verboten, einen Drink anzunehmen.

Krise beginnt in New York

Anfang 1966 wurden für Mr. Johnson Vorbereitungen getroffen, nach New York, der Hudson-Stadt, zu übersiedeln und dort eine Stellung anzunehmen, nachdem er sich darüber beklagt hatte, daß es ihm immer schwerer falle, die Zeit totzuschlagen. Dieser neue Auftrag beinhaltete eine geregelte Tätigkeit mit festen Bürostunden, aber auch unter diesen Umständen hatte er immer noch große Schwierigkeiten, sich selbst zu beschäftigen. Schon in früheren Lebensjahren, als er noch Vertreter war, fand er bald keine Erfüllung mehr darin, den Tag mit Büchern oder Filmen zu vertreiben, und mußte zu anspruchsvolleren Methoden Zuflucht nehmen: Er zog es vor, in Städten, in denen er sich gerade einen halben Tag aufhielt, U-Bahn zu fahren, die Menschen zu beobachten und die Pläne der öffentlichen Verkehrsmittel zu studieren. Als auch diese Methode in der Wiederholung ihre Wirkung verlor, fand er einen neuen Weg, um seine leeren Stunden und Wochenenden auszufüllen: Er begann zu schreiben. Es kann angenommen werden, daß der Großteil seines Nachlasses in den Jahren 1967 bis 1969 abgefaßt wurde, und wenn wir von der Annahme ausgehen, daß eine Produktion von drei Seiten pro Tag eine durchaus beachtliche Leistung für eine Person ohne Übung auf diesem Gebiet darstellt, dürfen wir folgern, daß ihm nun nicht mehr viel Freizeit zur Verfügung stand. In allen Einzelheiten brachte er Episoden aus seinem Leben vor dem schicksalschweren Jahr 1958 zu Papier, ferner Vermutungen über die Absichten der wahren Autoren; mit Eifer und Bitterkeit griff er die Legende an, die seinen Namen trug und die schließlich niemand besser kennen konnte als er selbst. Daneben enthält der Nachlaß einen »Beitrag zum Jargon des oberen Riverside Drive, mit Bemerkungen zum phonetischen System«. Diese geregelte Arbeit, die als eine Art Rechtfertigung seiner Existenz gedacht war, hatte aber für ihn nicht die beruhigende Auswirkung, die sie auf einen Fachmann gehabt hätte. Er verbrachte jetzt viel Zeit in den irischen Bars an der 3. Avenue; dann geschah es, daß Mr. Johnson es ablehnte, sich auf dem Tempelhofer Flughafen in

West-Berlin als Ehrengast behandeln zu lassen, wodurch er einen Zwischenfall hervorrief; ferner flog er an einem Wochenende nach Stockholm, wo er die Niederlassung der American Express Company – die natürlich am Sonntag geschlossen war – besuchen wollte; und schließlich machte sich ein wachsendes Zögern bemerkbar, auf Dichterlesungen in Erscheinung zu treten und über Literatur, geschweige denn über Bücher von »Johnson« zu reden. Sein Gemütszustand – so geht es aus der dicken, verschnörkelten Handschrift des Testaments hervor – war zusätzlich durch die Verpflichtung beeinträchtigt, die Bürostunden eines ganzen Jahres im Verschlag eines New Yorker Verlagshauses ohne eigentliche Arbeit zu verbringen und sich zu benehmen wie jemand, der schreibt und der Schriftsteller ist. Um den Demütigungen und den Ansprüchen seines ausgehöhlten Lebens zu entkommen, scheint er nun zu einem ziemlich exzentrischen Schritt bereit gewesen zu sein. Ein Hinweis darauf erfolgte von einem Angestellten der türkischen Botschaft in Washington, D.C., der ungenannt bleiben möchte. Es gilt als beinahe sicher, daß Mr. Johnson sein Verschwinden vorbereitete.

Warum nicht schon früher?

Mit Sicherheit darf angenommen werden, daß es Mr. Johnson einige Jahre hindurch gelang, die Früchte des Vertrages, den er als unerfahrener Akademiker frisch von der Universität unterzeichnet hatte, zu genießen. Damit soll nicht behauptet werden, daß die gegenwärtige literarische Szene viel Anlaß zur Freude bietet (siehe auch Teil 7 dieser Zeitung), aber es könnte durchaus angenehm gewesen sein, daran teilzunehmen, ohne richtig schuldig zu sein. Er brauchte sich nicht einmal Gedanken darüber zu machen, was die Öffentlichkeit von den Büchern »Johnsons« wirklich hielt, weil ein Arrangement alle Geschäftsbriefe an das Anwaltsbüro seines Arbeitgebers weiterleitete. Und da der Verkauf der Bücher »Johnsons« nur mäßig war und das Einkommen daraus ungefähr dem Gehalt, das ihm gezahlt wurde, entsprach, mußte er sich auch nicht – was die finanzielle Seite betrifft – benachteiligt fühlen. Er konnte sich die Erfüllung der meisten Wünsche leisten. Sein Privatleben kam nicht zu kurz. In dem in Cobh vorgefundenen Manuskript ist von einem Plan die Rede, seine eigene Schreibarbeit systematischer zu ordnen und sie unter einem anderen Namen zu veröffentlichen. Durchaus glaubhaft ist auch die Annahme, daß eine Reihe von Gedichten im »Little Magazines«, von dessen Autor nicht mehr als ein Postschließfach bekannt ist, aus der Feder Mr. Johnsons stammen. Diese Gedichte sind Wortspielereien und tragen als Unterschrift die Initialen J. U. Die Aussicht auf eine allmähliche Gewöhnung an die Anforderungen dieses 30jährigen Vertrages ging jedoch plötzlich in die Brüche, als Mr. Johnson – nachdem er jahrelang von seinem Vertragspartner kaum Nachricht erhalten hatte – informiert wurde, daß man ihm innerhalb von zwei Tagen ein neues Manuskript auf dem Flughafen Orly (Frankreich) übergeben würde. Aus der beinahe unleserlichen Handschrift des Testaments geht hervor, daß Mr. Johnson auftragsgemäß vor seiner Abreise der Presse mitteilte, daß »sein« neues Buch den Titel »96th and Broadway« tragen würde, daß es sich um einen Roman handele und daß er sich mit dem im Titel genannten Schauplatz befasse. Um Mr. Johnsons Entrüstung verstehen zu können, muß man wissen, daß er selbst in der Nachbarschaft dieses Schauplatzes gelebt und die genannte Kreuzung zweimal jeden Tag passiert hatte. Was er offensichtlich nicht ertragen konnte, war der Umstand, daß nunmehr alles den Anschein erhielt, als habe er selbst das neue Buch geschrieben, so daß man ihn jetzt auf viel persönlichere Weise als bei seinen früheren Büchern für den Inhalt verantwortlich machen könne. Zusätzlich wurde Mr. Johnson von dem Argwohn geplagt, daß sein Auftraggeber zur gleichen Zeit wie er in der Nachbarschaft der 96. Straße und des Broadway wohnte, so daß er offenbar unter Beobachtung gestanden hatte.

Strategie

Mr. Johnson beabsichtigte, das Manuskript vom Flughafen Orly zum Schauplatz seines Verschwindens mitzunehmen, es zu lesen und es dann für alle Zeiten zu verbergen.

Pariser Polizei unbeeindruckt

Die Pariser Polizei betrachtet den bedauerlichen Zwischenfall, der sich am vergangenen Donnerstag auf dem Flughafen Orly zugetragen hat und am gleichen Tag entdeckt wurde, als »nicht außergewöhnlich«. (Orly ist der Flughafen von Paris, der Hauptstadt von Frankreich.)

Freunde zeigen sich enttäuscht

Freunde Mr. Johnsons in der Gegend der Upper West Side Manhattans erklärten auf Befragung gestern abend, daß der verstorbene Betrüger ihnen gegenüber immer den Eindruck eines stabilen Menschen erweckt hatte. Seine gelegentlich traurige Haltung war als »Übermüdung« ausgelegt worden. Man hielt ihn für »fleißig und arbeitsam«, und niemandem war bewußt gewesen, daß Mr. Johnson nach Stunden geselliger Unterhaltung nur mit dem Ziel aufgebrochen war, für den Rest des Tages U-Bahn zu fahren, um sich so die Zeit zu vertreiben. Mr. Johnson galt als Freund der freien Natur. Er war ein Kenner der sogenannten »Bostoner Steak-Tradition«, und er genoß Ansehen in einem chinesischen Restaurant. Im allgemeinen reagierte sein Bekanntenkreis auf die seltsame Entwicklung mit der Meinung, daß Mr. Johnson ihre Freundschaft verraten hätte, da er ja gar kein Romancier war.

Poststempel Dublin

Das Manuskript, das Mr. Johnson vor seiner Abreise aufgegeben hatte, trug bei seinem Eintreffen in Cobh den Poststempel von Dublin, Irland. (Cobh ist eine Fischerstadt mit Vergangenheit als Anlegehafen der Transatlantikschiffahrt und liegt in einer breiten Bucht.)

Kein Kommentar

Die deutschen »Kollegen« Mr. Johnsons lehnen jeden Kommentar ab. Informierte Kreise der Literaturbörse führen das Schweigen auf die Reihe von Presseenten zurück, die letzthin von der Londoner Sunday Times – nicht zu verwechseln mit dieser Zeitung – lanciert wurden.

Zahl der Kinder unbekannt

Mr. Johnson hinterläßt eine Witwe und eine Reihe von Kindern, deren genaue Zahl von diesem Korrespondenten nicht ermittelt werden konnte.

Schwester erwähnt Spur

In einem Telefoninterview erinnerte sich die Schwester Mr. Johnsons, daß dieser in der letzten Zeit – vor allem, wenn er leicht angeheitert war – öfter andeutete, daß ihm eine Rundfunkpersönlichkeit für den Fall, daß seine literarische Karriere scheitern sollte, eine Anstellung als Nachrichtensprecher angeboten hätte. Die Schwester erklärte weiter, daß Johnson immer tief gerührt war, wenn er auf diese noble Geste zu reden kam. Näheres wollte sie nicht mitteilen.

Nachlaß soll veröffentlicht werden

Der deutsche Verleger der Bücher Mr. »Johnsons« bezeichnete diese Entwicklung als »üblen Scherz«, sandte aber nichtsdestoweniger einen leitenden Verlagsmitarbeiter nach Cobh, um das Copyright des Manuskriptes – hinterlassen von einem Mann, der selbst zwar nicht als Geist geschrieben, aber das Leben eines solchen geführt hatte – zu erwerben. Der reiche Kommunist Giangiacomo Feltrinelli befindet sich angeblich ebenfalls unter den Bietern. Cobh liegt in der Grafschaft Cork, Irland. Mit der Hauptstadt Cork ist Cobh durch eine Eisenbahn entlang des Lee-Flusses, einer Landschaft von romantischer Schönheit, verbunden. Die Urheberrechte werden von einem relativ unbekannten Journalisten namens Mike S. Schoelman betreut, der bisher noch mit keinem größeren literarischen Coup in Verbindung gebracht wurde und auch nicht zum persönlichen Bekanntenkreis von Mrs. Allilujewa gehört. (Allilujewa ist der Mädchenname der zweiten Gattin Mr. Dschugaschwilis. Mr. Dschugaschwili nannte sich selbst Stalin. Allilujewa ist der Name von Stalins Tochter, den sie für Arbeiten in den

Vereinigten Staaten benutzt.) Auch die Rechte zur Verfilmung des Manuskriptes sind zum Verkauf angeboten. Nach Ansicht von Mike S. Schoelman, des voraussichtlichen Biographen von Mr. Johnson, dürfte ein Teil des in Dublin verschickten Manuskriptes in Code abgefaßt sein, vor allem eine Analyse der Änderungen des New Yorker U-Bahn-Netzes; eventuell sind daraus Schlüsse über die Person (bzw. den Personenkreis oder die Organisation) zu ziehen, die hinter Mr. Johnson stand. Stichproben in jenen Gegenden, wo Mr. Johnson seine Jugend verbrachte, haben ergeben, daß die Bewohner von Güstrow an der Nebel oder Leipzig an der Pleisse Fotos seiner Person nicht identifizieren konnten. Wie ein Sprecher des Verteidigungsministeriums betont, besteht die Möglichkeit, daß der gesamte auf Ostdeutschland bezügliche Teil der »Biographie« Mr. Johnsons gefälscht ist und daß der Verstorbene unter dem Deckmantel eines gemütlichen Literaten Spionagetätigkeiten ausübte. Auch der Name »Johnson« klinge verdächtig, erklärte der Sprecher weiter. Gleichzeitig hat die Suche der Polizei von Cork nach der Familie Mr. Johnsons zu keinem Ergebnis geführt. Nach Aussage von Detektiv Thomas Shean (keine Verwandtschaft mit dem Anwalt) ist die Polizei überzeugt, daß demnächst aus dem Leben des geheimnisvollen Mr. Johnson, der vergangenen Donnerstag auf dem Flughafen Orly (bei Paris) im Schlaf verschied, ein weiteres Kapitel enthüllt werden dürfte.

Übersetzt von Herbert Feuerstein

Beisetzung Giangiacomo Feltrinelli

Mittags Verabschiedung durch einen Kollegen Feltrinellis am neuen Flughafen von Frankfurt: Beerdige vorsichtig! (Kann Amerikanisch, der Mann: BURY WITH CARE.)

In Mailand die Kreuzung der Strassen Romagnosi und Andegari, bei aller Enge, dicht besetzt durch Polizei und Militär in einzelnen Wachen, aufgesessen auch. Ein Verkehrspolizist, in dunkelblauer Uniform mit weissbeschirmtem Tschako, stellt eine zivile Aufsicht dar. Als ob es vor kurzem gebrannt hätte, oder es sei ein Angriff durch Fallschirmjäger vorhergesagt.

Das Institut geschlossen. Der Eingang zum Verlag bewacht von einem jungen Mädchen, das den Fremden mehrmals den Weg weist, und dann noch einmal (weil der eine nur Französisch spricht, womöglich). – Era niente, signori.

Das Haus Feltrinelli am hellen Nachmittag mit der ganzen Aussentür zugestellt, jedoch die kleine zum Klappen nicht verschlossen. Die Hausmeisterei besetzt mit Pförtner, Kinderfrau, Dienstmädchen. Alle mögen erst gemeinsam erlauben, dass die Besucher in den vierten Stock dürfen. Die beiden Fahrstühle, noch aus den Anfängen der Erfindung, knarren vertraulich. In der Enge vor den Innenflügeln: Mi scusa. Dienerschaft, die ungebührlicher Weise vorangeht.

Wieder zu ebener Erde fällt die mannshohe Eichentür auf, die den grossbürgerlichen Innenhof verteidigt. Mit Messern, mit Hämmern, durch Sprünge nicht leicht zu überwinden. Unverhofft dahinter der einstürzende Himmel, in der Enge bequem gelagert das letzte Modell von Citroën, elegant in seiner grauen Farbe, seinem durch Chauffeurs Pflege erhaltenen Neuzustand.

Alle diese Türen öffnet das Personal sehr gewandt, schliesst sie rasch, wie der Herr es gewohnt war. Man kann einem Toten recht wohl bedienstet sein. Von aussen sieht das Haus gleich wieder reglos aus. Militär und Polizei haben beobachtet, woher der Wagen kam, wohin er sich einordnet. Einer mit Gummiknüppel sähe die beiden fremden Insassen gern deutlicher.

(Eine Taktfrage: Geben die Gäste dem für solche Fahrt doch auch Angestellten ein Geld zum Trinken? – Im Zweifel ja. Gesprochen in verlässlich konservativem Ton.)

Die Stadt ist besetzt von Streitkräften. An strategischen Punkten, die fast ohne Ausnahme Bankportalen ähneln, stehen sie in Reihe, nicht stramm, den Gewehrlauf nach unten. Der kommandierende Offizier versucht jeweils um die Ecke zu sehen, dirigiert Verhalten der Mannschaft mit Fingerzeichen, kündigt Ereignisse an, mag eins nur ein Wagen mit einer gewissen Nummer sein.

Die Strasse, die auf den Hauptfriedhof zuführt, ist in ihrer ganzen Länge mit dicht besetzten Transportwagen von Polizei und Militär bestellt. Die Polizei gibt sich mit Aufschriften zu erkennen, die anderen verweisen auf ihre Zugehörigkeit zur N.A.T.O. vermittels frisch gemalter Trikolore. Die Uniformierten halten Maschinenpistolen im Schoss, jedem lehnt am Knie ein plastenes Schutzschild, es sind Holzknüppel zu sehen, lockere oder verschnallte Kinnriemen, Offiziere mit Funksprechgeräten. Der Corriere della Sera schreit in Ampelpausen von Kiosken her MILANO SUL CONTROLLO. Bis in den letzten Wortsinn hinein geben die Hubschrauber über dem Aufmarschgebiet der staatserhaltenden Zeitung recht.

Vor der Friedhofskapelle bestehen Leute in grauen Uniformen den ganzen Platz in Doppelreihe, Ehrenwache umgebaut in drohende Sperre, die wiederum von einem Zivilpolizisten angeleitet wird. Dies eine Auto winkt er auf den Platz ein, nachdem der Kommandeur die Meldung des Chauffeurs gebilligt hat: Sono compagni di Feltrinelli. Der Wagen darf die bewachte Fläche vollständig durchfahren, bis an den Bogengang der Kapelle.

(Der Chauffeur windet sich mit lang erübter Geschwindigkeit vom Sitz, um doch wenigstens eine Tür für Herrn öffnen zu können. Das Problem mit dem Geld fürs Trinken wird ordentlich und altfränkisch erledigt, in der Verbeugung ist das Schliessen der Tür enthalten.)

Aus dem Innern der Kapelle schwankt ein steifes grünes Gebinde in den Bogengang, schräg vorwärts gehalten. Dem folgt, auf den Stufen schräg, der eichengelbe Sarg, in betonter Abweichung von der Form eines Kastens, mit wenigen Knubbenstummeln verziert. Sobald er wieder in Linie mit dem grünen Ding ist, heben fast alle schweigend die linke Hand als Faust. Die acht unter dem Sarg gehen langsam, das Gedränge steht noch still, dennoch scheint der Vorgang zu laufen, zu rennen.

Noch vor dem offenen Himmel hält der Sarg an. Hinter ihm wird so rasch ein freier Raum gerissen, als würden die Menschen abgesaugt. Vorangerissen wird auch die Witwe, als wehrte sie sich gegen die Männer an ihren Armen. Ein jetzt zerfetztes Gesicht, ohne Besinnung, der Mund wie zum Schreien offen.

Die Angehörigen sind eben hinter dem Sarg zum Stehen gekommen, schon befiehlt eine Stimme: Avanti. Das Stimmengemurmel ist inzwischen laut genug, dennoch bleiben Schritt des gärtnerischen Kunstwerks und des Sargs synchron beim Einschwenken in den Durchgang zum Gräberfeld. Zehn Meter hinter dem Sarg ist das nicht mehr zu schaffen, einmal wegen des nun von aussen einsetzenden Menschendrucks, zum anderen, weil die Polizei mit Ketten Hand in Hand die Mittelsäule des Trauergefolges eingefangen hat. In den Schultern sieht man, wie Leute über die Schuhspitzen derer hinter ihnen stolpern.

Allmählich haben die verschiedenen Gruppen des Zuges sich auf die gleichen Takte und Worte der Internationale geeinigt. Der jugendliche Gesang ist getragen, betrübt, betulich; nicht energisch, nicht wütend. Trauergäste weiter vorn im Zug heben blind Fotoapparate über sich und versuchen den eigenen Hintergrund aufs Bild zu kriegen.

Weisses, ferienhaftes Vorsommerlicht. Staub kommt hoch.

Die Polizei sieht an den singenden Leuten vorbei. Es sind auch junge Kerle, und sie verstehen den Text; sie wüßten ihn nicht auf sich selber anzuwenden. Ihre Gesichter bleiben still, stumpf, wenden höchstens Neugier auf, als nach der Internationale der Schrei einsetzt

BORGHESIA! AS-SAS-SI-NA!

Den haben womöglich die marmornen Todesvillen ausgelöst, die mittlerweile den Weg säumen. Die Namen unterhalb der Simse sind die einzige Repräsentanz des mailänder Großbürgertums. Sind sie ferngeblieben aus Angst, so müsste es eine sein von der dümmlichen Art, denn die einmütig schreiende Masse bemerkt wohl das Schweigen der Andersdenkenden oder Ausländer, ohne sie zu bedrohen. Der Tote war mit seinen kapitalistischen Kollegen nicht freund; erst haben sie ihn belächelt, nunmehr ächten sie ihn.

Ein Kollege anderer Art ist gekommen: Giulio Einaudi.

Fünf Meter entfernt, an der Fuss-Seite des Sarges, schlagen neun Stimmen vor: Bandiera rossa... Wenige Takte, und die Menge verspricht einander wehmütig: Facciamo rivoluzione.

Als das gärtnerische Gebinde am Portal der Grabeshalle Feltrinelli angelangt ist, verharrt der Sarg. Es ist so still, man hört eine Kleinbürgerin (Hausnäherin, etc.) die Umstehenden bitten um mehr Atemraum für ihr Kind, ein achtjähriges Mädchen mit einem Sträusschen aus meist Osterglokken. Während der Sarg den Weg in das Gefängnis antritt, in diesem Ruck, kommt wie einstudiert die Anrede, das Gelöbnis

FELRNELLI!
COMPAGNO!
ESTATO!
AS-SAS-SINATO!
SARRAI – VENDICATO!

Wieder sind viele linke Arme mit Faust oben. Von den rechten bleiben viele in Brusthöhe, wo die Nikon ruht in der schützenden Armbeuge, unter recht aufmerksamem Zeigefinger in der Nähe des Auslösers. Sehr teure Maschinen, für die jugendlichen Trauergäste durch Ankauf kaum erschwinglich.

VIVA MASS!
VIVA LENNIN!
VIVA MAU-SO-TUNG!

Es sind auch Junge ohne Umweg von der Universität gekommen, halten Lehrbücher vor der Brust, ein Mädchen einen Kalender für das Jahr 1972.

Der Sarg wird in die Familiengruft gequetscht, behindert von den schwarzuniformierten Angestellten der Friedhofsverwaltung (schmutzig blaue Hemden, Kragen zerknüllt, verschmutzt). Die Polizeikette (die bei einem Einschnürungsversuch auch von jungen Händen, zivil gekleideten Kerlen im Oberschulalter, geflickt wurde) fädelt sich aus dem Gedränge weg, in Richtung Grufteingang. Wiederum wird die Bourgeoisie eine Meuchelmörderin genannt, Feltrinelli Rache versprochen; gelegentlich klappt einer nach. Immer von neuem das Klicken von Kameraverschlüssen. Endlich macht eine jener Hände in der Nähe des Eingangs, die sonst Sprechchöre mit Krümmung anforderten, abwinkende Bewegungen. Für Unaufmerksame wird übersetzt: Shsht! Shsht!

Es spricht eine Abgeordnete der K.P.I., Onorevole, auch Autorin des Verlages Giangiacomo Feltrinelli. Aus acht Metern Entfernung sieht sie aus wie eine Bäuerin, die trösten kann wie sie Erbitterung verabfolgt. Eine Schwester könnte so reden. Sie wird mit dem Weinen nicht ganz fertig, und die Zuhörer nehmen sich immer mehr Schweigen an.

Applaus. Linke Fäuste. Sprechchöre.

Es spricht ein westberliner Verleger im Namen der anwesenden Verleger, Schriftsteller, etc., des Auslandes. Er macht es auf italienisch, indem er abliest von Stichworten auf Zetteln mit dem modischen Aufdruck DON'T FORGET in Rot. Der ist zu leise; an ihm probiert das Publikum seine Rechte aus: VOCE! Ungeduldige, verlegene Handbewegung.

Weniger Applaus. Keine linken Fäuste. Zum Füllen der Zeit einen der drei Sprechchöre.

In der Pause klettert ein Mädchen in Hosen, neunzehn oder einundzwanzig Jahre alt, einen toten Baum hinauf und richtet sich zwischen den abgesägten Aststümpfen ein. Sie will aber nicht besser sehen als andere, sie lässt sich ihre Kamera hochreichen, dann die Leinentasche mit den Filmen. Später wird sie auch Gefälligkeitsaufnahmen machen für einen ihr Fremden, der unten mit seinem Teleobjektiv nicht so recht zum Schuss kommt.

Es spricht jemand auf französisch. Es ist sein erster öffentlicher Auftritt, seit er mit dem Tode Che Guevaras zu tun hatte, und offenbar setzt er seine Berühmtheit voraus. Ostentativ kümmert er sich nicht um Rufe nach größerer Lautstärke, diagnostiziert und doziert vor sich hin. Da im Hintergrund auch noch ins Italienische übersetzt wird, kommt nicht viel durch. Das war eben irgend so ein Franzose. Anständig von ihm.

VIVA MARX.
VIVA LENIN.

VIVA MAO-TSE-TUNG.

BOR-GHE-SI-A...

Das Mädchen lässt sich vom Baum herunterhelfen. Die fremden jungen Herren fassen gern zu, und sie muss vielmals sagen: GRAZIE. Oh! Oh! GRAZIE!

Die Geräusche, die während der ganzen Zeit aus dem Inneren der Gruft zu hören waren, sind nicht mehr zu bemerken. Offenbar steht der Sarg nun fest und sicher bei denen der Familie (aus einer Pietät. Gegen den Wunsch des Toten, der anderswohin wollte als in dies Monument des Reichtums). Es werden die letzten Blumensträusse nach vorn weitergegeben. Nicht alle treffen genau durch die Türöffnung, fallen den Soldaten zu Füssen, werden zertreten (wie dem einen Fotografen, zur Rechten des Eingangs, ein ungeschickt zugeschleuderter Film). Eine von zwei roten Nelken schafft es noch.

In dem gelben Gesträuch rechts neben dem Eingang verfangen sich rote Blumen. Es scheint auch, als würden rote Bänder dort hinübergeschlungen.

Leute drängen nun schon rückwärts aus dem zu dicht bestandenen Gelände. Dabei merken einige, dass sie auf Grabsteinen gestanden haben.

Rechts vorn lässt ein junger Mann sich ein wenig anheben und fordert die Massen auf, den Toten auch zu lieben als einen Kommunisten, als einen... Für Ausländer schwer faßlich. Aus dem Hintergrund schreit ein einziges Wort dagegen. Die Antwort ist ganz von Heiserkeit zerkratzt, der Agitator versinkt wieder.

Die Angestellten der Friedhofsverwaltung schieben den linken Türflügel zuerst zu. Von innen ist noch einmal etwas zu hören: wie die Deckplatte über ihre Fassung gewuchtet wird, ungleich einsetzt, dann sauber absinkt. Die in den schwarzen Uniformen, fett, amtlich, blank im Gesicht, sind auch Sieger. Schliesslich sind sie dienstlich am Werke.

Jedes Mal, wenn Einer nicht hinsieht, ist der linke Flügel ein wenig verschoben. Es ist bereits die Verglasung zu erkennen. Auch der rechte Flügel hat sich erheblich bewegt.

Wer will, kann den Rauch von Zigarette in der Luft spüren (non si fuma in cimitero).

Die Trauergäste versichern einander: nunmehr könne man gehen. (Giangiacomos Chauffeur sucht nach seinen beiden Schutzbefohlenen, den Fremdlingen.) Es heisst: jetzt komme nichts mehr; und dergleichen. Es klingt nicht ganz behaglich, weil vor dem Friedhof Militär und Polizei warten. Die Streitkräfte hätten am Ende gern über die Fahrübung hinaus ein mehr vollständiges Manöver.

Die Türflügel sind geschlossen. Der Direktor des Friedhofs, eleganter grauer Anzug, elegant geschnittene Beamtenhaare, verschliesst die Tür nicht ohne Umstand, prüft nach, richtet sich auf, nimmt mit nachsichtigem Lächeln Abschied von der Versammlung. Fragt man ihn, so war er es, der die Sache erledigte.

Fragt man die Kommunisten, so war der Tote am Ende ein Kommunist.

Fragt man Kapital und Industrie, so war er nach wie vor einer der ihren.

Fragt man die Maoisten . . .

Immerhin die Jugend Mailands, nach wohlmeinender Schätzung zu zehn-, nach vorsichtigerer zu siebentausend anwesend, sie hat dem Toten versprochen: rächen werden sie ihn.

(Der Todesfall ist nicht aufgeklärt.)

Siebentausend. Sie werden dem Apparat der kapitalistischen Herrschaft nicht erliegen. Noch in zehn Jahren nicht werden sie Prämien zahlen für das erste oder ein zweites Kind, für sie wird es das bürgerliche Wohnen nicht geben, ein Leben als hätten wir Frieden, das nicht. In zehn Jahren muss man sie nur noch suchen, sie finden, sie an das Versprechen für Giangiacomo Feltrinelli erinnern.

Rächen werden sie ihn.

Einatmen und hinterlegen

> Milz-Erkrankungen entstehen, wie bei jedem Organ, entweder in Abhängigkeit von einer vorwiegend an anderer Stelle ablaufenden Krankheit oder eigenständig, also aus in der Milz selbst gelegenen Ursachen; letzteres ist sehr selten. *F.A.B.*
>
> Es ist ein langweiliges Organ. *G.E.*

Ein sicheres Versteck ist unerlässlich.

Narrensicher muß es nicht sein.

Dieser ruft nicht mehr um Hilfe.

Als Lieblingskind, ehemals, vielleicht. Eine zuverlässige Vermutung, diesen trifft sie nicht.

Das Versteck muss so beschaffen sein, dass die Suchenden blind werden im Findenwollen.

Die Lebus auf der zweiten Silbe betonen, mögen sie darin auch diesen gefangen glauben; er war in einem anderen Ort.

Er gibt den Kalmus hinzu, pfingstens durch die gescheuerten Stuben gestreut; er kann sich verlassen auf den Wurzelstock der Wasserschwertlilie.

Noch einmal auf den Wiesen links der Oder, zeigte er sich da, sichtbar wäre er nicht.

Er gibt sich ganz kenntlich, verkleidet in Gemeinsamkeiten. Dieser kann Manieren gebrauchen.

Er will jemandem zustimmen in der Sache Tod; er lässt ihn herausbitten nach dem Komment des Duells.

Und verrät sich doch, in Schreckgebärde, wenn die Tür vertrauter ist als er das Gesicht dahinter geplant hat. Angehalten in der Flucht, ergibt er sich in Bilder seiner selbst und zieht sie tarnend auf den Leib.

Gehorsam gefangen in Erwartungen, ein Kobold weiss hinaus. Es geht durch das Wort, das Brecht den Liebenden änderte, durch Rilkes Jubel nach Hartleibigkeit: Fürstin, es ist.

»Und einiges, was ich niemand verrate.«

Er hat auf einen Bart nicht geachtet, schon soll der Bart ihn bedeuten. Stück für Stück nimmt er ihn ab, gern verborgen hinter voreiligen Fotografien.

Sein Leben lässt er sich zeigen in einem Buch, nun kann er es abstreiten. Wenn er es nicht weiss, wer will es behaupten?

»Den Humanisierungsversuchen des bürgerlichen Dichters steht jedoch eine resignierende Auffassung entgegen, die an der Undurchschaubarkeit der ihn umgebenden ›Trugwelt‹ festhält.« Er will da nicht Umstände machen, er antwortet: Ja wenn das so ist...

Noch die türkische Enkelin glauben sie ihm.

Mit Haut und Haaren verwandelt er sich in benutzbare Worte, da bleibt nichts im Ohr und das Auge wird trocken. Der Leser kommt zu etwas; wozu er?

Dafür nimmt er nicht Titel, nicht einmal causa honoris. Was soll er die kränken, die nichts wünschen als das.

Es ist nicht an ihm, Exegeten Mores zu lehren; vorführen wird er ihnen etwas. In Frankfurt war eine Freundin am Bahnhof, brachte ihm Blumen, das Essen, den Wein; in Berlin eine andere Freundin: nun spricht er in Berlin von der Frankfurterin, bedankt sich für Braten in Frankfurt, Blumen am Flugplatz Rhein/Main, und lobt an der in Berlin die Anmut der anderen. Dreimal muss ein Grosskritiker sprechen: Meister, es reicht. Und sieht nicht das innig abgeschmeckte Lächeln im abgewandten Mund. Das Spiel ist doch über die Bühne gegangen, mit fremder und eigener Zeit.

Die Kritiker sollte man alle auf den Mond schiessen: sagt Höllerer einst in der Pension Elite, und dieser nickt trübe, zweifelnd an der technischen Machbarkeit. Sonst gerne.

Er meint die Leser. Den hörenden Lesern zuliebe steht er in einer Küche bei Kollegen, angetan mit weiblichen Hosen, nicht erstaunt über die Passform, und läßt sich sein schwarzes Beinkleid bügeln, für die Leser, morgen in Bremerhaven, denn darin werden sie ihn besser verstehen.

Auf der Flucht.

Vertrauliche Mitteilungen im Gehen nebeneinander, dagegen hat er nichts; nur sollen sie schweigend geschehen.

Ein Tütchen Kalmus als Pfingstgeschenk, fast hätte es ihn eingeholt, es ist der Geruch von Oderzeiten; er verbirgt sich und wünscht ein besseres Abendbrot, von heute eins, denn essen muss man.

Morgen, übermorgen, und jeden Monat viertausend Mark verdienen. Beschäftigung willkommen.

Im Elend wird er nicht sterben, das schreibt erst einer, der benutzt sein Verständnis für eine Zeitung.

Gespräche helfen nicht viel, jedoch ordnen sie, wenn auch das Unnötige. Noch viele Abende zu verwenden auf die Entstehung der Sprache versus die Möglichkeiten von Freilassung oder Festhaltung, auf die Rückläufigkeit gewisser Reime und das Veilchenasyl in der Nähe von Rosenheim; tadelnd lobt er die Gastgeber für ihr Schaukeln zwischen Urquatsch und dem Urknall, dem nicht erwiesenen. Liebe ja, aber keine Intimitäten.

In einem Gedicht aus der Jugend sah er die Langeweile warten auf ihn, nach gleicher Langeweile vom zehnten Jahre an gibt er die Auskunft, betreffend das Überleben, er antwortet, eine krumme Frage aus Rücken und Armen: Ja...

In der Stunde vor dem Tod will er dennoch denken, dass die Erde schön war.

Er prüft es noch nach, drei Finger zwischen den Augen.

Er sagt nicht zu, es auszusprechen.

Er ist im Feuer, in der guten schwarzen Jacke für die hörenden Leser, mitsamt den Papieren zur Person.

Im Versteck.

Er hat endlich den Löffel abgeben dürfen, damit war er noch zu sehen. Was er damit ausgeteilt hat, ist vorhanden.

»Du hast mich mitgenommen in viele Gegenden . . .« Hans Werner Richter zum fünfundsechzigsten Geburtstag

Lieber Hans Werner,

Du hast mich mitgenommen in viele Gegenden, so nach Leningrad, wo Einer eine andere Gruppe »47« erfand als wir kannten,
nach Moskau, wo etwas ungeheuer Taktvolles mit deinen Zähnen passierte,
nach Saulgau, wo ich dir mal (im Vorübergehen) das Leben retten durfte, in den Grunewald, wo du einige Hasen springen liessest,
(nach Pommern ging ich nicht mit, ausser in dein Bansin, und nur, wenn es entfremdete Aale gab),
in bewaldete wie bebaute Gebiete verschiedener Art, und ich hätte wohl längst sagen sollen, dass ich dir gefolgt bin mit Vergnügen. Tu ich das eben zu deinem Fünfundsechzigsten Geburtstag, mein ich

Dein

Uwe

Besuch im Krankenhaus. Erinnerung an Margret Boveri

Zum letzten Mal habe ich Frau Dr. Margret A. Boveri am 24. Mai gesehen. Es war in einem bekannten evangelischen Krankenhaus, und wie beim vorigen Mal wünschte ich nur die Regeln zu achten, als ich den Pförtner um die Erlaubnis zum Besuch bat. Der Pförtner war aber mehr beschäftigt mit einem verwirrten Bürger der Vereinigten Staaten von Amerika, der nicht die Vorstellung ertrug, er werde am nächsten Morgen das Gästehaus des Institutes verlassen müssen, ohne die Möglichkeit, dann und bis dahin und rechtzeitig die erforderlichen Gebühren entrichtet zu haben, da kann ein Besucher leicht zum Dolmetscher werden, auch teilhaftig eines dankbaren Händedrucks jenseits von Viet Nam und Watergate, überlassen bleibt er sich allein als ein Besucher, der gehen darf, wohin er will. So fährt er also in dem ihm bekannten Fahrstuhl, geräumig genug für fahrbares Krankenbett wie für Sarg, in das bekannte Stockwerk zu dem bekannten Flur und wurde nicht aufgehalten auf dem etwa fünfzehn Meter langen Weg zu dem ihm bekannten Krankenzimmer. Er hätte an diesem Nachmittag sämtliche Patienten dieses Stockwerks per Euthanasie erfreuen oder per Erbarmen verwunden dürfen; Zeugenaussagen, die nach seiner Kenntnis von Berliner Untergrundbahnhöfen und des sogenannten wirklichen Lebens unerlässlich sind für den Anfang einer Mordaufklärung, hätten der Polizei zuverlässig gefehlt.

Anders als vor einer Woche rief Frau Dr. Margret A. Boveri nicht herein, als der Besucher klopfte und dann eintrat in das Apartment des Krankenzimmers, das sich in Anlage wie Ausstattung nicht von dem Royal SAS Hotel in Kopenhagen unterscheidet (Nasszelle und Korridor als Lärmschutzzone dem Wohnraum vorgesetzt, der durch eingebaute Wandschränke, Möglichkeiten für Sitzen und Liegen, Klimatisierung *mit* der Chance sie auszuschalten, einen Menschen zwar zurückführt auf seine mindesten Bedürfnisse, diese jedoch nicht einschränkt). Anders als vor einer Woche begriff Frau Dr. Margret A. Boveri erst allmählich, dass ein Besuch eingetreten war. Anders als vor einer Woche traute der Besuch sich nicht, mitgebrachte Rauchwaren zu benutzen, also Blumengaben auf dem Fensterbrett zu rükken, das Fenster zu öffnen, damit Rauch wie Asche gleicher Massen anonym davongejagt würden, nämlich fast untadelbar. Unterhaltsamer Blick auf Kiefernkronen, dazwischen rohe Wege halb planiert, appetitlich gelb, wenn einer wollte.

Sie war sehr schön geworden. Das gilt unter der stillschweigenden Voraussetzung, dass Schönheit bedeuten könnte die Zusammenfassung aller mimischen, damit körperlichen Möglichkeiten in einer physiognomischen Grimasse, die keinen Raum mehr lässt als für die persönliche Wirklichkeit. Sie wusste nicht, dass ihr die inzwischen fast weissen Haare über die Stirn gewuschelt waren, wie einem Kind das egal sein kann.

Anfangs gelang es ihr zu sprechen. Es sei diese Stunde vor der Abend-Spritze, die ihr schwer werde, nicht eigentlich wegen des Schmerzes, sondern wegen des so lange vergeblichen Wartens auf Erleichterung von ihm. Sie war, soweit es mit dem Sprechen geht, zärtlich in den Erkundigungen nach Tochter und Frau, deren Ergebnisse sie recht schnell vergass. Sie lag auf dem hochgestellten Kopfdrittel des Bettes mit dem Kopf auf einem Luftkissen sehr mager da, in ihrem Gesicht ganz auf sich selbst zurückgeführt, auch mit dem körperlichen Volumen eines Kindes, und hingeführt auf das mentale, dessentwegen sie fast zwei Drittel ihres Lebens lang zwar nicht angebetet, zwar nicht geliebt, aber bewundert worden ist.

Das Gespräch, das sich hier so als Schuldigkeit erfordert, wurde unterbrochen durch das Klingeln des Telefons, das sie auf dem Tisch links neben sich zwischen Medikamenten, Gläsern, einer Weckuhr und Lektüre zu stehen hatte. Ungeachtet seiner Bemühungen ums Weghören erschrak sich der Besucher sehr über den allmählichen Verfall ihrer Fähigkeiten zur Artikulation, über ein Lallen, das sie selbst offenbar noch für geformtes Sprechen hielt, und war insbesondere entgeistert, weil nach seiner Mutmassung auch noch Kinder jener ihm unbekannten Familie an einem fernen Telefon gesprochen und gehört haben müssen.

Unter dem Vorwand der Diskretion rannte dieser Besucher auf den Flur, rüttelte an Schwesternzimmer 2 (verschlossen), Schwesternzimmer 1 (verschlossen), in das Foyer zum Arztzimmer (verschlossen), Anmeldung zum Arztzimmer (verschlossen), zurück auf den Korridor in verschiedene Teeküchen, Arzneimittel-Lager, bis er endlich eine aufsichtführende Schwester fand, die gemütlich telefonierend nebenbei sich unterhielt mit Gästen, der er sagte, Frau Dr. Margret A. Boveri gehe es schlecht. Diese Schwester antwortete, sie wisse ja nicht, ob sie berechtigt sei, ihm etwas zu sagen. Der Besucher: ihm gehe es nicht darum, sich medizinische Auskünfte zu erschleichen, was er wünsche, sei eine ärztliche Hilfeleistung. Die Aufsichtsschwester, das Gespräch in ihrem Telefonhörer gemütlich hinlegend: sie wisse ja nicht, ob sie berechtigt sei, hier etwas zu sagen.

Bei der Rückkehr des Besuchers in Frau Dr. Margret A. Boveris Zimmer lallte sie weiterhin ins Telefon; jedoch war ein Ende der Konversation erkennbar, denn sie liess diesen Plastikgegenstand an ihren Kopf schlagen, so dass ein

Geräusch entstand, als töne nur noch ihr Schädel wider. Dass er ihr den Hörer abnahm und in das Telefon zurücklegte, entging ihr bereits. Vieles von ihren nun folgenden Äusserungen musste erraten werden. Bifokalbrillen, die Reisedistanz per Flug zwischen Westberlin und London, die Konstruktion eines grossbritannischen Kinderhutes für Reitschulen entgingen ihr oder doch zumindest so, dass sie in Missverständnisse verfiel oder eine Frage dreimal wiederholen musste. Nach der Flugzeit hat sie sich zweimal erkundigt, nach einem Kind viermal.

Sie hatte so wenig Haut übrig im Gesicht, sie musste den Mund offenhalten. Bei Gelegenheiten, in denen ein Freund hätte ein Lächeln erwarten dürfen, war nur noch eine winzige, eben nur noch im Ahnen wahrnehmbare Muskelanstrengung zu sehen. Die Haut sass ihr so streng um den Schädel, die reichte nicht mehr zum Lächeln. Ihre Augen sahen noch, aber für den Ausdruck von etwas waren die muskulöse damit mimische Umgebung zu schwach. Sie war sehr schön.

Nach zwei Stunden, und weil man eine andere Verabredung verdammt noch mal einhalten will, ging dieser Besucher am gähnenden Pförtner vorbei wie ein Unschuldiger.

Am nächsten Morgen, aus Westdeutschland, kam er mit seinem telefonischen Anruf nur noch bis an die Telefonzentrale dieses landschaftlich so ausserordentlich gedachten Krankenhauses und erhielt die Auskunft: »Die hat keine Gespräche mehr drin.«

Erinnerungen an Titus

Mit Titus war ich mal in einer Lehre.

Mancher mag einwenden, dieser habe einen ganz anderen Namen, einen auffällig deutschen: Szymanski. Aber da ich seit zwölf Jahren seinen Vornamen benutze, kann ich keinen anderen anwenden als den, den Titus' Frau ihm verordnet hat.

Wir kamen lange auf einander zu, wir sahen es nur nicht. Im Februar 1962 standen wir uns vor Augen, wir fingen gleich an zu reden.

Unverzüglich bekam er heraus, dass ich einmal gelebt habe, und ein wenig studiert, in der wahren Hauptstadt der D.D.R., Leipzig/SA. Ich gab den Ball zurück mit der Adresse meines möblierten Zimmers: Ludwigstrasse. Er konterte mit der Lage einer Wohnung, die er dort benutzt hatte: Mariannenstrasse. Das sind Parallelen in Leipzig-Neustadt.

Da wir in Rom waren, begaben wir uns in den Vorgarten des Cafés, das auf der Piazza Bologna steht. Es dauerte eben noch zwei viiski doppii lang. Dann nahmen wir einander unter Vertrag.

Der Inhalt des Vertrages kann bestanden haben in dem wechselseitigen Gelöbnis, wir würden die Architektur des Sackbahnhofs Leipzig verteidigen gegen jeden, Rücken an Rücken, bis zum letzten Mann. Wir mögen uns geeinigt haben darauf, dass einer des anderen Dorf in Westberlin anerkannte als auch ein Dorf, nicht prächtig, nicht überlegen, beileibe nicht! bloss: als das Dorf des anderen. Eine der nie ausgesprochenen Klauseln dachte ich mir so: wir würden von nun an einer ein wenig achten auf den anderen.

Das war die Lehre. Was er sich von mir nahm, habe ich nicht gefragt. Für mich war es auch Unterricht in der Arbeit eines Bildhauers.

Dass ein Bildhauer Menschen wie Sachen anders ansieht und behandelt als im schreibenden Gewerbe üblich, ich hatte es angenommen. Ich sollte noch merken, auf welche Weise anders: genauer, unter anderem.

Dazu muss man, versteht sich, Titus gesehen haben, Titus auf einem Bein, fast bis in den Fall nach vorn gebeugt, die Hand mit der Bocciakugel weit hinter sich, in so anfälligem Gleichgewicht kümmert er sich noch um das leise Beben des Bodens unter seinen Füssen, nimmt unverwandt der Zielkugel Mass mit seinen Augen (Augen-Mass), berechnet in aller Geschwindigkeit den Stand der Sonne im Verhältnis zur Ebbe vor Dänemark, schon hat er geworfen. Seine Begabung in diesem Felde bereicherte er, indem er per Testreihe die Bande einbezog. Direktwürfe, Wegsprengen gar, unternahm er als blosses Training. Ernster, gesammelter Zustand während des Wurfs. Danach nahm er es für Spiel wie wir auch.

Wie hier neben das Augenmass die Ballistik tritt, so muss ein Bildhauer offenbar alle Sinne und Wissenschaften benutzen, mit denen an das Vorhandene heranzukommen wäre. Titus, wenn er einen neuen Raum betritt, unter noch fremde Menschen kommt, schnüffelt. Titus, dem Kundigen auf den ersten Blick ein uomo del nasino, zieht sorgfältig die unbekannte Zusammensetzung der Luft durch die Nase ein und prüft, ob und was sie ihm meldet.

Titus, was soll er mit seiner Frau denn machen als sie lieben, er trägt ihre Sandalen zum Schuster. Nebenher steht er lange in dem kleinen Laden und beobachtet, wie der routinierte alte Mann um sich greift, ein ledernes Band untersucht mit Blick oder Biss, wie er aus dem Schaden einen heilen Zustand macht mit wenigen, überlegten Hammerschlägen. Jeden anderen hätte jener Schuster zur Rede gestellt wegen Umherlungerns; bei diesem Besucher erkannte er einen Sachverstand, der noch was dazulernen wollte.

Ein Schriftsteller wird nach einer Weile sich auskennen in den Läden für die Schreibwaren, er mag aber seine Anstände haben mit den ausländischen Papierformaten, auch wird er die Verkäufer nicht ersuchen um Mitarbeit. Titus war noch keine vier Wochen in Rom, da beriet er sich mit den Leuten in der Werkstatt Nicci in Trastevere, diskutierte Techniken des Gusses und die Wirkung gewisser Zusätze zur Masse, liess sich belehren. Wer mit Titus nach Trastevere ging, sah ihn dort aufgenommen als einen Hiesigen, einen von den noi altri. Bei einem Fest, ach was, einer feria! plötzlich vermisste einer von uns einen wertvollen Gegenstand, er brauchte bloss Titus zu fragen. Nach zwanzig Minuten wurde das Verschwundene zurückgebracht, mit Entschuldigungen. Einen amico del nostro amico Titus berauben, wo führe denn das hin! Ma- !

Titus konnte anfangs meinen, Italien werde nicht lange dauern für ihn; Titus lernte sein Italienisch. Was die Einheimischen ihm abnahmen, war mehr als die Worte, vor allem war dies schlicht seine Bereitschaft, zu sprechen. So haben wir mit ihm auch immer die bestmögliche Mixtur einer Fischsuppe bekommen an der Landstrasse mit den Sarazenentürmen.

Wie alle, muss ein Bildhauer essen, Titus aber nicht bloss so. Was frischer Oregano mit geölten Tomatenscheiben anrichtete auf Titus' Zunge, war es nicht eine Erweiterung des Bewusstseins? Wir hatten eine Glaslaube, ganz grün von wilden Gewächsen, da hielten sie das Bier in ganz langen kalten Flaschen, dem Wein gaben sie eine winzige Prise Harz bei. Wenn Titus einfiel, seine Frau habe heute durch Leben mit ihm genug Arbeit geleistet, nahm er sie dorthin und bestellte eine bistecca di bue ai ferri. Das gegrillte Ochsenfilet kam dann so, wie er es erfunden und beschrieben hatte, beiläufig drei Zentimeter hoch. Das war für den Hunger. Titus blieb gerecht. Oft stimmten wir ihm zu in der Annahme, wir hätten dies gar nicht so recht schätzen können vor lauter Appetit; Titus bestellte eine weitere Runde bistecca di bue ai ferri. Einmal fanden wir mit ihm, es müsse jetzt aber das erste die Chance bekommen, mit dem zweiten verglichen zu werden, und assen unter seiner Aufsicht ein drittes. (Die Kellner wurden demütig.) Ein Bildhauer ernährt sich umsichtig, er will den Genuss auch als eine Ausbildung; ein viertes lehnte Titus ab, weil bedenklich an der Grenze zur Völlerei. Er hatte nun »vernünftig gegessen« er war nicht bloss satt.

Es versteht sich, solche Lebensweise erzeugt Tugenden. Nicht nur sieht er, dass einer sich abquält mit einem kaputten Pfeifenbesteck; diskret nimmt er es an sich, legt es nach einer Weile repariert wieder hin, unauffällig. Titus wollte damals, dass er sich mit Albert Camus verständige und Camus sich mit ihm; Fachgespräche bieten sich an. Einen neben ihm lebenden Schriftsteller aber fragte er nicht, was er denn gerade so schreibe; es begab sich die Erleichterung, dass keiner ihn fragte nach den Sachen, die er anstellte mit seinem Gipsbeilchen. Man sagt von vielen Berufen, ihre Arbeit daure den ganzen wachen Tag; Titus hielt es ganze Tage allein aus in seinem riesenhaften Atelier mit den »kleinen römischen Figuren« von damals. Er brachte den Mut auf, den anspornenden, schon morgens einen ganzen Tag für verfehlt zu erklären. Das bedeutet für einen Bildhauer lediglich, dass er an einer einzigen Stelle heute nicht arbeiten kann, an anderen wohl. (Titus lief dann im verwilderten Teil der Villa Massimo umher und suchte nach Steinen, ganz kleinen Stücken Marmor, die der Laie für unverwertbar hält. Titus liess sich Pakete mit Steinen zu einer Postgebühr von siebenundzwanzig Mark nach Berlin schicken, damals, als die Post noch sich verstand als eine Anstalt zum Befördern von Sendungen. Zwar sind die Steine nicht angekommen. Noch heute bedauert er die verlorenen Möglichkeiten. Möglichkeiten sollte einer sich aufheben dürfen.) Gelegentlich die Tugend des Hochmuts: »Eine unbedeutende Frau ist bedeutender als ein bedeutender Mann.«

Titus führte die Bereitschaft vor, lebenslänglich erworbenes Wissen einzutauschen gegen ein besseres. So überraschte ihn eines Tages die Behauptung, es gebe eine Stadt namens Castrop-Rauxel. Wenn ein Freund ihm das sagt, wird er doch nicht im Kursbuch nachschlagen; stracks geht er hin und benennt den kräftigsten Sohn Agathes Castrop Rauxel.

Agathe war seine Vertragskatze. Denn natürlich liefen die Katzen ihm nach.

Titus sah nicht aus wie ein Tourist inmitten der grotesken Figuren von Bomarzo; er war da zu Besuch bei einem Kollegen.

Ein Bildhauer wird nicht sich begnügen mit einem einzigen Beruf. Wenn Titus Unterhaltungen führt mit Albert Camus, nicht genug bekommen kann von Max Frischs Erinnerungen an Brecht, morgens um halb vier etwas zu besprechen hat mit Ingeborg Bachmann bei einem Espresso auf der Via Veneto – Titus will etwas erfahren vom Erzählen. Zwar konnte er es schon. Titus 1949 im Ruinenturm der westberliner Gedächtniskirche. Titus und der junge Grass. Fragen Sie Titus nach einem Pferdehändler von Krotoschin!

Grosszügig im Weggeben, versteht sich. Zum Geburtstag kann einer eine »kleine römische Figur« kriegen, montiert auf einem dieser unverwertbaren Marmorbrocken. Könnte man nie bezahlen, kann man doch nicht annehmen. – Was willst du: sagt Titus: namenlos, bis in gekrümmte Schultern hinein erstaunt, als solle er sich damit abfinden, ein Mal nichts zu begreifen. Ein anderes Mal assen wir Muscheln. Das ist eine kitzlige Arbeit, auszuführen mit Sanftmut und Gewalt, mit kleinen zirkelnden wie raumgreifenden Bewegungen; am besten denkt man dabei an nichts anderes. Titus blickte auf, versammelte uns in seiner Wahrnehmung und sprach sie unbedenklich aus: Wir essen ja wie die Uhrmacher! sagte er.

Auf der Stelle liess ich mir den Ausdruck schenken von ihm; seit Jahren verlangt der nach einer Schreibgelegenheit; da hat er mir obendrein was zum Suchen gespendet.

Titus, in allen Zuständen zu bewundern für Intuition: Als seine Tochter geboren war (zu benennen nach einem Vorort von Leipzig), stürzte Titus in eine Bar von Florenz, der einzige Gast, und rief aus: Un vodka doppio! und blieb nicht lange der einzige Gast.

Einmal kam er zurück aus Italien, da kamen wir zusammen auf dem Flughafen Tempelhof und erwarteten ihn mit einem Tisch, darauf standen Brot und Salz. Die Beamten wären vielleicht eingeschritten, aber sie begriffen ja, wer da kam.

Das war eine Lehre vor zwölf Jahren in Italien; wir haben einander seitdem behalten. Wir sehen einander in den Senatssitzungen der Akademie, wo er die Abteilung Bildende Kunst vertritt; wachsamen, schräg gestellten Blicks belauscht er, schmeckt er, beriecht er, fühlt er, betastet er die Meinungen rings um ihn, bevor er seine sagt. Wir besuchen einander zu manchen Jahresfesten, abwechselnd in unseren verschiedenen Dörfern von Berlin; wir begegnen uns in der Untergrundbahn und bleiben dann gern eine Weile zusammen. Das müsste Gründe haben; dies könnten ein paar von ihnen sein, wenn Sie denn mich fragen.

»Mir bleibt nur, ihr zu danken«
Zum Tod von Hannah Arendt

Es ist zehn Minuten her, seit ich erfahren habe von Hannah Arendts Tod, zugleich mit der Aufforderung, etwas dazu zu schreiben. Wenn ich wüsste, wie sie gestorben ist. Es ist noch Post an sie unterwegs, ein englisches Buch zum Gedenken W. H. Audens, es wird sie verfehlen. W. H. Auden, Walter Benjamin, The New School, »Elemente und Ursprünge totaler Herrschaft«, die heute morgen abgegeben wurden »im Auftrag derAutorin« – mehr Berufene werden dazu etwas sagen. Mir bleibt nur, ihr zu danken. Wir waren einmal Nachbarn am Riverside Drive von New York. Den Streit wegen Brecht, den hatten wir schon 1968. Dem folgte die Einladung, zu ihr und Heinrich Blücher aufs Land zu kommen, in die Catskills. Eines Abends, in einem Restaurant in Palenville, gingen plötzlich alle Lichter aus, unerklärlich, plötzlich. Ich sprach weiter im Dunklen, als sei ich nicht erschrocken, sie wies mir meinen Schreck nach, und gestand den eigenen. Sie hatte recht, was lag näher als der Gedanke an die Ankunft des Krieges. Das war im Sommer, ich hatte mich schon ein Jahr lang eingelassen auf ein Buch mit Mecklenburg und New York, daran unterhielt ich Zweifel, sie sagte: Ach was! Das ist New York! Dann durfte man sie necken mit ihrer Weigerung, je die subway von New York City zu benutzen. Ich danke ihr. Drei Jahre später war ich einige Wochen lang ihr Gast in der Wohnung hoch über dem Hudson, in Heinrich Blüchers Zimmer, unablässig verwundert, warum da auf einer Kommode ein westdeutscher Groschen lag. Ich bekam Seminare in Philosophiegeschichte, zeitgenössischer Politik, Zeitgeschichte, je nach

Wunsch. Zu einem Besuch in Westberlin war sie nicht zu bewegen. Sie hat den U.S.A. die Gastfreundschaft gelohnt, jedes Mal litt sie unter den Fehlern und der Unredlichkeit in der Führung des Landes, jedes Mal ging sie hin und half sie berichtigen. Die alte Dame aus Jamaica, würdig vor britischem Wesen, die ihr im Haushalt half, trat nicht in den Ruhestand, bevor sie ihr eine Ablösung verschaffte, die kam aus Harlem herüber, beide nennt man dort »gefärbt«, mit dieser weissen Person waren die beiden eher befreundet. Das Kochen aber besorgte Frau Professor selbst. Solche Anreden, selbst im Scherz, hat sie sich verbeten. Alles was sie erzählte von Königsberg, die nächtlichen Fahrten mit den Fischern, ich wollte es aufschreiben, sie verweigerte es. »Wir waren die letzten in Keenichsbarch, die mit den Händen redeten.« Sie ist an einem Herzinfarkt gestorben, in New York, ich wünschte in einem Zimmer. Im Lift ist sie einmal angegriffen worden von einem Messerhelden, so jung und verängstigt, dass sie eher erheitert war. Ich bewunderte die Gelassenheit, mit der sie ihrem Mann ins Krankenhaus brachte, was er eben benötigte, über den Verstand der Ärzte hinaus. Es war das Selbstverständliche, sie zeigte es einem noch einmal. Da sind ja keine Tugenden, die ihr nachzurühmen wären, sie kam ohne dergleichen aus; sie bezog ihre Haltung aus ihrer eigenen Wirklichkeit. Jetzt ist der dritte Anruf gekommen. Es war abends, sie hatte Gäste, sie war nicht allein. Bewirtet wurde man bei ihr in der Bibliothek, einem Zimmer zum Durchgehen mit Hoffenster; wie kann man denn in New York leben und kein Berliner Zimmer haben! »Kindchen« konnte sie sagen, zärtlich lächelnd, nachdem sie eine andere Meinung angehört hatte. Einmal hat sie mich ausdrücklich hinweisen müssen auf den Umstand, dass sie eine Jüdin ist: im Umgang mit ihr war es zu vergessen. »Es gibt keine jüdische Frage mehr; das ist jetzt eine deutsche.« Es ist doch so, nur noch einmal kommt ins

Bewusstsein der Blick aus diesem sanften, wilden Gesicht; danach weiss der Verstand, sie ist tot, sie ist wahrhaftig gestorben, dann muss schon die Erinnerung arbeiten, die liefert keine Gegenwart. Wie hart ihre Stimme werden konnte in Momenten der Empörung, der Verachtung. Sie hat bereits einen Infarkt überstanden, sie wusste davon lustig zu erzählen, sie glaubte sich geradezu gebessert in der Gesundheit. Ein »massiver Infarkt«, sie benutzen am Telefon das Wort, das sie selbst beim Tode ihres Mannes verwendete. Jetzt kommt die Tochter aus der Schule, für die ist Hannah Arendt nach sieben Jahren Trennung nur noch ein Name im Gedächtnis und viel wirklicher in einem Text aus einem Schullesebuch, der beschreibt einen Besuch bei ihr... wie sie an der Tür steht... wie sie die Hand mit der Zigarette bewegt beim Erzählen einer Geschichte... all das »wie sie ist«. Es machte Hannah Blücher-Arendt Spass, die Dame zu spielen; wenn der Begriff überhaupt noch Wert hat, sie war eine. Wer mit ihr das Clubrestaurant der Columbia-Universität betrat, er wurde unter den Blicken der Kellner zum Ausgezeichneten; im Hotel Windermere in Chicago wurde sie empfangen wie eine entbehrte Königin. Sie war eine Frau. Wollte sie etwas wissen über einen Mann, steckte sie sich hinter dessen Gefährtin mit der Erkundigung, ob er denn ein langsamer Mensch sei. Des Gegenteils versichert, was das Denken betreffe, wollte sie im Gegenteil wissen, wie er sich benehme beim Kofferpacken, bei häuslichen Arbeiten... Sie brauchte den konkreten Eindruck, den Beweis. Einmal durfte ich sie in einem überwiegend jüdischen Teil New Yorks spazieren führen, da erklärte sie mir an den Passanten deren gesellschaftliche Stellung und Beschäftigung (mit Wohnorten) vor der Emigration aus Deutschland; zuversichtlich wäre ich bereit gewesen zu einer Stichprobe. Das fiel ihr schwer zu begreifen: dass einer ausserstande ist, Jüdisches am Gesicht zu erkennen. »Hannah, Hannah, du siehst doch aus wie sieben Synagogen!« Ein heller, vergnügter Nachmittag. Sie konnte bar jeden Zweifels von Leuten sagen, sie seien ohne Fehl und Tadel; sie riskierte ihre eigene Person mit dem Urteil, sie hat mich den Ausdruck noch einmal neu sehen gemacht. Ihre Freundschaft war ehrlich genug für Tapferkeit vor dem Freund. Das ist ein Zitat, es kommt nicht von ungefähr. Ich habe ihr zu danken für das, was sie mir gezeigt hat an Benehmen gegen Menschen, gegen das Alleinsein, gegen das Alter. Was sie mir schreibt in ihrem letzten Brief im August, es gehört zu ihr, aber ich bin doch dankbar und froh darüber, dass sie sagen konnte, sie geniesse nach wie vor das Alt-sein. Es hat ein Ende mit dem Werden, und sie wundere sich, dass es seit Ciceros De Senectute nichts Vernünftiges darüber gebe. So war sie einverstanden mit ihrem Tod, wie jeder von uns einverstanden sein soll mit dem eigenen und den des anderen hinzunehmen sich weigert.

»Was mir an Ihrem ›Lübecker Podium‹ gefiel.« Otto Hamkens zum siebzigsten Geburtstag

Lieber Herr Hamkens,

Sie werden siebzig Jahre alt am 27. März, und es wird Sie kaum verwundern, mich unter den Glückwünschenden zu sehen.

Es ist auch ein Anlass der Erinnerung, und wie gern hätte ich Ihnen geschrieben, was mir an Ihrem »Lübecker Podium« gefiel: dass es am Sonntagvormittag abgehalten wurde, vor dem Vorhang der Kammerspiele, zwei Feuerwehrmänner im Rücken des Vortragenden... bis mir aufging, wie vielen Schriftstellern Sie dies denkwürdige Erlebnis geboten haben. So fand ich es bei Marie Luise Kaschnitz, leider als einen Zustand von Bedrängnis, und ich will nur hinzusetzen, um wie viel heiterer es mir vorkam: das Loch im Vorhang meine ich gefunden zu haben, und beim Anblick der Feuerwehrmänner sah ich auch den Tisch zwischen ihnen und dachte mir gleich, die bleiben doch nicht lange zu zweit, die halten hier einen dritten Mann versteckt, und wie machen die wohl Skat mit Ansagen, wenn ich vorn etwas erzähle! Und der Saal war hell, und der Mecklenburger durfte seine Leute so reden lassen, wie ihm der Schnabel selber gewachsen war, und die Lübecker lachten über einen plattdeutschen Spass. Ich war bei Nachbarn eingeladen, bei Verwandten geradezu.

So ist Ihr Geburtstag auch ein Anlass des Dankes. Sie haben Ernst gemacht, als Sie mich einluden. Sie hätten es abgehen lassen können mit einem Mittagessen und schönem Dank; Sie haben mir die Stadt gezeigt und noch den Priwall gegenüber Travemünde, so dass ich mich bei späteren Besuchen in Lübeck mehr zu Hause fand als in anderen Städten, in denen ich doch auch etwas vorgelesen hatte und eine Nacht verbracht. Es fällt mir jetzt auf, dass ein Anfang meiner »Jahrestage« sich ereignet gegenüber dem Priwall, und Ihre Einführung wird wohl dazu geholfen haben, dass die Familie Cresspahl eine Lübecker Zeitung hält und Freunde in Lübeck besucht und dahin zum Einkaufen fährt, obwohl es doch bequemer gewesen wäre nach Wismar von Jerichow aus. Lübeck musste es sein.

Über unser letztes Zusammensein kann ich lachen. Sie sitzen mit mir im Ratskeller, die ganze angesehene »Buchhandlung für alle Wissensgebiete« in Person, und berichten mir ernsthaft, wie schwer es einer haben kann mit dem Vorankommen in Lübeck, wenn er aus dem Friesischen kommt, und der Gast verwundert sich, leise zweifelnd. Eine Stunde später glaubt er Ihnen beinahe. Er hat von einem Bücherwunsch für die Reise gesprochen, den wird der Kiosk am Bahnhof schwerlich erfüllen können, nun steht Herr Hamkens am hellichten Sonntag in seiner prächtigen Bücherstube und verkauft mir zwei Bücher, was wohl noch angeht, wir zwei beide werden einander ja nicht anzeigen bei der Gewerbepolizei. Dann aber, Sie haben die Geldscheine schon in der Hand, Sie geben sie mir zurück, und nicht etwa aus Angst vor dem Gesetz. Nein, ausdrücklich weil Ihnen gefallen hat, was Ihr Gast am Vormittag auf der Bühne der Kammerspiele angestellt hat, so bekommt er seinen zweiten Dank, aber geschäftlich gesehen ist solch Geschenk nahe an einer »Usance« aus den »Buddenbrooks«, wo wird das einmal enden, wenn der Kaufmann obendrein aus dem Friesischen ist! Für diesen Dank noch einmal zu danken, habe ich später bei fast jedem Besuch in Lübeck etwas besorgt aus Ihrer Buchhandlung, gelegentlich »heimlich«, immer zum echten Ladenpreis, um Ihr Geschenk zu erwidern und beizutragen zu Ihrem Vorankommen, das doch so offensichtlich war bei bloss einem Blick in Ihre Schaufenster.

Lieber Herr Hamkens, ich gratuliere Ihnen zu Ihren siebzig Jahren und wünsche Glück zu denen, die da kommen werden.

Mit herzlichen Grüssen,
Ihr Uwe Johnson

»Erinnerungen an Hans Werner Richter.« Zu seinem siebzigsten Geburtstag

Lieber Hans Werner,

meine »Erinnerung an Hans Werner Richter« ist zusammengesetzt aus mehreren, und wenn es denn Vergangenheiten sind, so bist du mir darin eher gegenwärtig.

Da ist der Vorfall auf der Kleinen Lastadie in Stettin, aber den wirst du nicht auf Papier wissen wollen – kein Wort mehr davon.

Es gibt welche, die nennen die Gruppe 47 dein Lebenswerk, das weiss ich besser. Denn einmal war ich zu Besuch bei einem Schriftsteller, der liess mich allein in seiner Bibliothek, da nahm ich eines deiner Bücher aus dem Regal, es sah so geschwollen aus. Das war dick geworden von eingelegten Notizen, die bauten den Verlauf der Handlung nach, die setzten die Verhältnisse deiner Person zusammen, die zeichneten den Weg von Schauplatz zu Schauplatz auf, und auch dein Text war begleitet von Pfeilen, Unterstreichungen, Verweisen zu früheren und späteren Seiten. Da hat einer von dir lernen wollen, wie man aus einer Geschichte einen Roman machen kann. (Seinen Namen unterschlage ich dir, denn wie kann ich wissen, ob du ihn zur Gruppe 47 von heute zählst.) Das ist eine meiner Erinnerungen.

Ein anderes Mal sah ich auf einem Bahnhofskarren deine »Spuren im Sand«. Ich kannte das Buch, ich war nur neun Stunden entfernt von meinen Regalen, ich hätte es darin gefunden mit dem ersten Griff. So lange wollte ich nicht warten, der Appetit war zu kräftig, und so habe ich es denn zum zweiten Mal erworben, um es gleich noch einmal lesen zu können.

Die dritte Erinnerung ist immer da, wenn du in meinen Gedanken spazieren gehst, und es ist, als kämst du durch die Tür. Das ist deine Haltung, mit der du ein Frühstück, ein Fest, eine Sitzung der Gruppe 47 eröffnest. Du stehst da in deiner stämmigen Art, ein wenig geduckt in den Schultern, die Augen lässig verkniffen in Planung und Vorfreude, und vielleicht denke ich mir nur dazu, dass du dir die Hände reibst. Doch, ich sehe dich, du reibst dir die Hände und sagst zu unserem Gewimmel: Kinnings, nu wollen wir anfangen.

Und dann fing es an.

Glückwunsch!

UJ.

»Schultafel«
Hann Trier zum vierundsechzigsten Geburtstag

Lieber Hann:

Zu deinem Geburtstag 1979 möchte ich dir – und Mme. Mayntz – einmal schriftlich Glück wünschen, sintemalen es Zeit wird, dir zu danken für fast zwanzig Jahre freundwilligen Umgangs.

Vor zwanzig Jahren sass ich gegenüber einer kahlen Wand, unter einem nördlichen Dachfenster in Friedenau in Berlin, und wenn ich vom Schreiben aufsah, hatte ich vor mir nur das zufällige Relief aus Spuren, die kleine Steine unter dem Reibbrett und der Kelle des Maurers hinterlassen hatten. An diese Wand hängtest du mir deine erste »Leihgabe«, so dass das Muster des Mörtels endlich eine Aufgabe bekam, die des Hintergrunds. Wie dies Gemälde hiess, habe ich vergessen, wohl aber behalten, dass du mir dafür die Bezeichnung »Schultafel« erlaubtest. Denn tatsächlich wie in einem kinetischen Problem warf da der Strudel einer kreisenden Bewegung blaue und graue Symbole aus, die sich an den Seiten zu Zeilenlagen und Gruppen von Typen ordneten: nur dass hier eine Lösung freiwillig versucht werden durfte. Es passte mir, dass ich vor solchem Anblick befasst war mit dem Versuch, dem vergleichbar kodierten, ebenso integren Zeichensystem einer erfundenen Biographie auf den Grund zu kommen. Und wie ich deine, hast du meine Arbeit besehen – Mme. Mayntz immer mitten mang. Unausweichbar aber trat bald ein Mensch auf, der wollte für dieses Bild, und nämlich kein anderes, auch bezahlen, und so blickte ich einem nach dem anderen über die Treppe nach. Mir war, als hätte ich sie mir »eingesehen«, wie man eine Pfeife einraucht – frage einen Tabakfreund, was es bedeutet, eine eben eingerauchte Pfeife zu verlieren. Das wurde mir zu bunt, und vor zehn Jahren habe ich eines deiner Bilder gekauft, statt es bloss zu erwerben, damit der Blick darin spazieren gehen darf ohne die Furcht vor unverhofftem Abschied. Wiederum ist mir der Titel entfallen, entbehrlich, das Bild ist mir gegenwärtig als »das ist Hann« oder »das hat Hann gemacht«, wenn ich das Zimmer betrete. Ich zeige es Besuchern gern, aber vor Erklärungen hüte ich mich. Denn meine eigene ist kaum weiter, als dass ich da Töne aufgezeichnet, aufgemalt sehe, kontrollierte akustische Explosionen, deren Druckkraft in schweren braunen Farbwellen verzittert, aufgehalten von einem Rahmen, der der Vorschrift entspricht, denn du hast ihn entworfen. So ist das heute, und gestern bin ich da an den Rändern locker fliegender Netze entlanggewandert. Es mag ein wenig gegen deine Anweisung gehen, aber wenn Hann Trier sagt:

Ich male nie was ich sehe,
selten was ich sah,
immer sehe ich was ich malte –

so darf der Benutzer und Kunde seines Bildes im Gemalten vielleicht sehen, was er sieht. Um diese Erlaubnis möchte ich auch gebeten haben wegen der Unterschiede im Licht, die das Wetter mir durch die Fenster auf dein Gemaltes liefert. Es ist schade, dass wir einander nur so selten treffen; das haben wir davon, dass wir beide weggingen aus jener Mitte Berlin (West). Zu dem, was mir verloren geht, gehören deine Geschichten. Was du so erzählst. Hier gedenke ich des Spiesses bei der Firma Wehrmacht, dem du vorführen solltest, wie er sich ausnahm auf Leinwand, wofür du dann ein wenig auf dem Sofa sitzen durftest. Erinnerst du dich des

Schneiders in Charlottenburg, der, vor dir auf Knien liegend, dich heimlich im Spiegel beäugte? Wie er druckste und schluckte, bis er herausplatzte mit seiner Erleichterung? Den kannst nur du angemessen nachmachen: »Und ich dachte schon, Sie sind einer von unseren jüdischen Mitbürgern!« Ich höre dein Lachen, deutlich die Bitterkeit, zu leben neben Leuten, die noch unter Menschen einen solchen Unterschied machen, mit-machen, um deine Vorliebe für Spiele mit der Sprache zu zitieren. Mittels solcher Erzählungen lebt Einer mit für den Zuhörer, dem das Stück Realie doch sonst entginge, und wenn ich durch einen Aufenthalt in New York die Proben der westberliner Studenten zum Aufstand verpasst habe, eine Ansicht davon bekam ich durch deine Berichte aus der Epoche, als sie dich grüssten mit »Rot' Front!« und du antwortetest: »Darüber lässt sich reden. Meinen Sie mehr Zinnober oder mehr Karmin?« Dies war ihnen »gefährlicher Individualismus«, und du wirst dich gefragt haben, wie ein ungefährlicher im Jahre 1968 wohl aussehen sollte. Dann lebtest du eine Weile in New York, eines Mitternachts riefst du an wegen eines politischen Attentats in Westberlin. Denn Mme. Mayntz – sie war wohl klug, dass sie dich fand – schlief schon, als du Nachrichten hörtest, – »und ich musste es doch einem Menschen erzählen!« Erzählen musst du. Wovon aber macht man solche Mitteilungen im, aus dem Alltag? Doch von Momenten oder Zeugenschaften, in denen einem etwas aufgefallen ist, die Einem neu oder des Bemerkens mehr wert erscheinen, kurz: von Augenblicken, in denen Einer besonders dringlich gelebt hat und fühlbar anwesend war. Sie werden so Bestandteile der eigenen Biographie, und ich will dir zeit meines Lebens in der Kreide stehen für die Geschichte von dem jungen Rotarmisten in einem thüringischen Dorf, der ein Fahrrad verschenkte, weil es ihn hatte runterfallen lassen, das Biest, das tückische. Das genau konnte ich brauchen für eine meiner Erfindungen: dass ein Soldat der Roten Armee im Jahre 1945 ein Fahrrad verschenkt, und schamlos habe ich dich gebeten, mir deine Erinnerung abzutreten. Der Vorfall ist im Buch umgebaut, eingekleidet in ein Hauptmotiv und gänzlich anders belastet, und mein Name steht darüber als der des Verfassers. Aber es ist von dir.

Dafür wollte ich dir danken. Weiterhin wünsche ich Glück zu dem Ausbleiben deiner Voraussage von 1962: Die Fläche, die du seitdem bemalen konntest, ist statt »immer kleiner« immer grösser geworden. Gib das zu, und da es nach dir geht, lass dir einen Vorrat weben.

Mit herzlichen Grüssen, und einer Reverenz an die vielverehrte Mme. Mayntz – denn mit ihr fängt dies an, sie ist das A, sie ist das O, so soll es denn mit ihr enden –

Photographie der »Schultafel«

Lieber Hann:

Ob wohl von deinem Bild an meiner Wand ein gutes Schwarz-Weiss-Foto zu machen sei, fragtest du. Und setztest gleich in Klammern dein Absolvo te hinzu: du wissest, es sei schwer . . .

Kein Problem für den jungen Mann, der an der High Street von Sheerness einen Fotoladen betreibt, ihn aber ein Studio nennt, zusammen mit seiner eher zufälligen Hausnummer. Oh, man hat durchaus die Welt gesehen! Aber er, nennen wir ihn Barrie, ist da zuversichtlich. Klar. Machen wir. (Er hatte keine Ahnung von der Malerei, der er seine Künste für ebenbürtig erklärte, und ich hatte immerhin ausgesprochen, gut genug für eine Reproduktion in einem Katalog müsse sein Ergebnis schon sein, und ihm das an Hand einer Vorlage klar zu machen versucht.)

Anderntags wanderte ich durch die lange, lange Alexandra Road zur High Street, dein Bild mit schwarzen Kunststoffbahnen getarnt und geschützt unterm Arm. Ein Beobachter hätte meine Gangart zumindest ungleichmässig nennen dürfen, so am frühen Morgen; es war aber der steife Nordost, der mit mir Boot und dem Gemälde Segel spielte. Heil in Barries Laden und Wohnstube angelangt, mache ich die gehörige Bemerkung über solchen Wind, der ja immerhin das Hochwasser zur Sturmflut hochpusten könne. Barrie ist da ganz meiner Meinung. Ein Wetterchen ist das! Aber leider gehört sich auch, dass man nach einer Weile zur Sache kommt, und da ich sehen musste, was meine Hände mit der verwickelten Verpackung taten, erwischte ich Barries Gesicht erst, als er seinen überraschten Blick schon hinter sich hatte. Er gab sich hartmäulig, man hat durchaus dem Leben ins schmallippige Antlitz gesehen, und fragte: was das sei. – Es hat keinen Titel: versetzte ich hinterhältig, und verspürte den kleinen Ruck in der Haltung der umstehenden Schulabgänger, die bei Barrie den Tag verspielen unter dem Vorwand die Kunst der Fotografie zu erlernen. Es war klar: Barrie hatte das Gemälde anerkannt, denn er verkniff sich weitere Erkundigung.

Etwa eine Viertelstunde verging mit dem Abräumen seines Arbeitstisches, und wie er dann immerhin noch bestreut war, kannst du sehen in dem ebenfalls beiliegenden Negativ. Das Bild wird sorgfältig hingelegt. Ohnehin hatte ich mich immer in einer Nähe von anderthalb Metern gehalten; jetzt trat ich noch dichter heran. Denn Barrie schickte sich an, die Kamera ganz oben im Galgen zu bedienen, indem er stöhnend (er ist kein langes, eher ein kurzes Elend) auf einen wackligen Drehstuhl klettert: ein kleiner Augenblick des Schwankens, und er fällt mit beiden Knien in die bemalte Leinwand. Endlich oben, reicht er mit äusserst gestreckten Fingern eben noch an den Druckknopf des Fernauslösers, um nach vielfachen Versuchen festzustellen, dass der nicht geht. Nje rabotat. Sonderbar. Wieder unten besieht er sich das schwarze krumme Ding so misstrauisch und ausführlich, dass ich ihn am liebsten gefragt hätte, ob er wohl dessen Spitznamen Ohrenbohrmaschine kenne. Barrie entschliesst sich. Zärtlich placiert er das kaputte Gerät auf der Kante einer Theke (nur ja nichts wegschmeissen), von der ein nächster Kunde es zu Boden wischen wird. Dann fängt er an, zum Verkauf ausgestellte Zubehörpackungen aufzubrechen, weil er darin einen Auslöser vermutet. Bei der dritten gelingt es ihm, und ich wollte inzwischen froh sein, dieses Atteljé mit einem unbeschädigten Bild zu verlassen.

Lass noch eine halbe Stunde vergehen, und du siehst mich

gegenüber diesem Anblick: der längste Schlaks von Barries Kumpeln schwebt wie ein Rohr im Winde auf dem quietschenden, zunehmend kippligen, drehsüchtigen Stuhl, ihm zur Linken versucht einer seiner Kumpane ein Blitzlicht in einem Winkel von 45 Grad zu der Malerei zu halten, wobei ihn Barrie, auf der anderen Seite und auch mit einem Blitzlicht in der Hand, in einem fort berichtigt. Man muss das eben im Gefühl haben. (Ins Blickfeld der Kamera hinein baumelten schon mal die Leitungen, mit denen Blitzlichte und Verschluss hätten synchronisiert sein können. Wenn dies System jemals funktioniert hatte bei Barrie.) Alle reden durcheinander, es wird gezählt, kommandiert, die Stuhlfedern stöhnen, und beobachtet werden wir von einer erfahrenen Berufskatze, die es schon von ihrer Grossmama her hat, dass die Menschen alle ein wenig bescheuert sind.

Als dein Gemälde etwa eine Stunde gelegen hatte, gab es zwei Negative, und ich durfte es verpacken. Während dessen hätte Barrie mir einen Bon ausschreiben können, aber sein künstlerischer Ehrgeiz war von neuer Kundschaft gepackt. Ein unglaubwürdig junges Paar war gekommen mit einem Baby so klein wie ein Zweipfundbrot, wahrscheinlich noch gestern abend im Bauch der Mutter lebend. Die verlangten nun mit ganz leisen Stimmen eine Aufnahme von Baby. Nein, nur Baby. Ihre stille Unnachgiebigkeit liess denken an eine Furcht, man werde ihnen das Foto schlicht verweigern, und so erfand ich mir flugs ein Testament, in dem es heisst: Wird eine Nachkommenschaft nicht bis zum Januar 1979 urkundlich nachgewiesen, entfällt die Erbschaft... oder einen Brief mit Bildbeilage nach Australien, dazu den Text: und werdet ihr an Baby sehen, dass wir unserem Gefühl gehorchen mussten... Baby will aber nicht allein in der Kälte liegen unter dem weißlichen, aber fremden Seidenschirm, den Barrie aufgebaut hat für Portraitaufnahmen, es weigert sich gegen die Tröstungen Barries, und er ringt nun mit der herausfordernden Aufgabe, Baby im Schoss der jungen Mutter so zu fotografieren, als sässe Baby auf einer Parkbank.

Barrie hat es eben nicht leicht, und er beweist es mir, während er auf Vorauszahlung in bar besteht. Denn ich erwähne mit einem massvollen Erstaunen, dass ich bisher noch jeden Auftrag vor Lieferung bezahlt habe, und Barrie reisst mit einem artistischen Schwung einen Karton mit nicht abgeholten Fotos aus einem Regal. Was er nun wieder als Geschäftsmann so eben erduldet. Er zeigt mir Anblicke aus dem intimen Leben mir fremder Leute, die zwar gern fotografieren, dann aber Barrie sitzen lassen mit ihren Bildern; besonders hat er es mit einem märchenhaft weissen Pferd auf einer vorschriftsmässig grünen Wiese: Wer das aufgenommen hat, ruft Barrie aus; mag ja dem Pferde innerlich tief verbunden sein!, aber mir, mir ist dieses weisse Pferd mit der schiefen Kruppe schnuppe! Schnurz! – Ohne die Absicht einer Kränkung!, fügt er unseren Abschiedsworten zu.

Gelächelt hat er, verschmitzt durchtrieben, als er ankündigte und bat: Geben Sie uns vier Tage! Ja –?

Nach zehn Tagen kam ich mal vorbei. Es war am frühen Nachmittag. Der Laden ohne Erklärung geschlossen. Nun weiss man aber, dass Barrie gelegentlich Luftaufnahmen macht oder Geld verdient mit Reportagefotos für den Sheerness Times und Guardian.

Nach vierzehn Tagen konnte er nur beteuern: das Kopiergerät sei hin, und der einzige, der sich auf seine Bedienung verstehe, liege mit einer Erkältung darnieder. Dessen ungeachtet werde er am Nachmittag vorsprechen und das Bild für mich herstellen, in drei Stunden könne ich es in Händen halten. Er schien ein wenig gekränkt, als ich ihm mein Wiederkommen für die nächste Woche versprach, statt die paar lumpigen Stunden zu warten. Dann tat er eine befremdliche

Frage: Ist das Gemälde abgeschickt? Ich fand, dies gehe ein wenig über seine Zuständigkeit hinaus, und bejahte das. Dies war ein Fehler.

Denn heute, als er des Spieles müde war und mir den Abzug samt Negativ aushändigen liess, rief er aus dem Hintergrund etwas, in jenem Ton, der den jungen Berufskollegen oder Zunftbruder ermutigen soll. Und was war das? Good luck. Viel Glück wünscht er mir mit dem Bild. Barrie hält mich für seinen Urheber.

Denn Sheerness ist eine kleine Stadt, und zwei Häuser weiter von meiner Adresse wohnt ein bärtiger Mann, der verfertigt Landschaften und Abstraktes für die Sommertouristen. Bei solcher Nachbarschaft... bei einem Gedächtnis, wie Barrie es hat, mit einiger Massen zuverlässigen Fehlern... das wäre doch gelacht.

Solltest du nun, in Fortsetzung seiner Logik, von mir eine Übersendung deines Gemäldes selbst verlangen, statt der Fotografie, die ich mir habe anfertigen lassen zum Andenken an ein Werk meiner Pinsel?

»Dem Fleiss zuliebe, oder doch zumindest dem Willen dazu.« Siegfried Unseld – 20 Jahre Verleger

Lieber Siegfried –

möge das Datum dir zeigen, dass ich immerhin in Gedanken dabei bin, wenn ihr heute abend ein Abendessen »in kleinem Kreis« abhaltet. Zum ersten Mal musste ich mir versagen, einer Einladung von dir zu folgen, wenngleich aus einem Grunde, den du selbst den vorzüglichsten nennst: dem Fleiss zuliebe, oder doch zumindest dem Willen dazu. Am 7. Mai soll ich antreten in Frankfurt mit 110 Seiten Skript, daran fehlen mir zuviele, als dass ich die zwei Reisetage entbehren dürfte. Denn zu oft kommen Arbeitszeiten, da kehre ich mit den bestwilligen Vorsätzen heim zu dieser macchina da scrivere, das Pensum fertig geplant im Kopf – unvermittelt sitze ich vor dem Tastenfeld gelähmt, und so bis zum Abend, ohne dass das Papier bewegt worden wäre. Selbstverständlich gibt es hierfür eine medizinische Ausdeutung. Denn ich fasse diese Vorlesungen auf als einen Auftrag von dir, ich möchte den so ausführen, dass sie stehen können unter dem Zeichen »Für Siegfried Unseld«.

Du wirst Reden anhören müssen, und die meine kannst du dir denken. Nun hat der Brief den Vorteil, dir sagen zu dürfen, was ich dem Zuhören anderer vorenthalten würde. Denn nach dem Rückblick auf diese deine zwanzig Jahre Arbeit und Erfolg habe ich anzuführen, dass dieses Jubiläum auch eines für mich ist. Im März vor zwanzig Jahren hast du etwas von mir angenommen, »daraus ein Buch zu machen«; im Hotel Hustler an der Schloss Strasse von Steglitz. Du wirst dich erinnern: ich hatte jemand mitgebracht als Beistand, da ich ihn mehr erfahren glaubte mit den Listen der westlichen Gesellschaft, der ich nun überantwortet werden sollte, aus wie immer ansehnlichen Gründen – so misstrauisch war ich, und bin es gegenüber dir nie mehr gewesen. Es ist dir unvergessen, wie pfleglich und umsichtig du meinen Übergang in eine andere Lebensart behütet hast – angefangen mit deiner Entscheidung, dass jemand wie ich im Jahre 1959 genau sechshundert Mark im Monat brauchte zum Leben in Westberlin. So frappierend es war, dass hier ein Verleger von seinem Autor das Darben abwenden wollte, die Vervielfachung dieser Sechshundert hat mir lange Sorge bereitet. Denn ich sah, wie konnte ich anders, in dir vorläufig den Geschäftsmann, der sein Geld einklagen würde mit fürchterlicher Gewalt. Das hat sich endgültig gegeben bei einer Gelegenheit im Sommer 1960, als du mich vom Frankfurter Flughafen nach Mainz kutschiertest, schlicht weil du dies ansahest als die günstigste Verbindung zwischen beiden Orten. Auf dieser Fahrt bot ich dir an, meine viertausend Mark aus dem westberliner Fontanepreis zu verrechnen gegen meine Schulden bei Suhrkamps, und du erwidertest mit Gelächter. Ich konnte begreifen, dass es eher Vertrauen war, was du in mich investieren wolltest, und ich danke dir, dass ich bis auf den heutigen Tag ohne eine solche Unruhe arbeiten konnte.

Und wie man sagen könnte, nach einem Schrifsteller U. Johnson suchte man vergebens ohne diesen beharrlich vorgesetzten Entschluss, ihn zu verwirklichen, so wären wiederum deine letzten zwanzig Jahre jeweils anders verlaufen, hätte Hilde einen anderen Weg gewählt als den, immer Haus zu halten – für dich und, für wie viele andere Autoren, auch für mich. Sie hat das Haus 35 an der Klettenbergstrasse eingerichtet als einen Ort, an dem bin ich mit Frankfurt auf gutem Fusse. Auch ihr danke ich für zwei Dekaden Gastlichkeit und Freundschaft.

Von Anfang an bist du ein guter Wegweiser gewesen in dem Gelände, das für mich eine Fremde war. Ich weiss noch deine Sorge, ich könnte mich zu früh locken lassen in den »Süden«, bevor ich denn eine rechte Ahnung hätte vom »Westen«. So hast du ein Ferienhaus an der ostholsteinischen Ostsee in meine Richtung geschoben. Vorsorglich verordnetest du mir eine Woche Paris, vielleicht auch damit ich Frankfurt in genauerem Verhältnis sähe, und hier danke ich dir für eine Aufführung von Becketts *Das letzte Band*, ein Mittagessen im Silbernen Turm und für die Freiheit der Métro. Und nach Italien liessest du mich erst, nachdem du mir vier Monate in God's own country zur Aufgabe gemacht hattest, ein Geschenk, das uns zehn Jahre später die *Jahrestage* eingetragen hat, von denen du noch in diesem Jahr das letzte Wort gelesen haben wirst.

Denn auch das bist du für mich: mein erster Leser. Nach zwanzig Jahren einvernehmentlichen wie streitbaren Gesprächs hast du auch erfahren von dem Ungeschriebenen, und so bist du für mich der menschliche Ort geworden, ohne den das einsamste Leben unmöglich ist: die Gewissheit, dass es in der Welt einen Menschen gibt, bei dem man als zusammengefasste Kenntnis sicher aufgehoben ist. Obwohl ich keiner Probe darauf bedurft hätte, hast du mir geholfen im schlimmsten Unglück meines Lebens, als ich mich jenseits von Hilfe glaubte. Damit ist erwiesen, warum von allen Freundschaften, die ich seit 1959 gefunden habe, die mit dir als einzige sich erwiesen hat als in allen Stücken zuverlässig und haltbar, und wenn es nach mir geht, soll das so bleiben, wie ich auch weiterhin zum »kleinen Kreis« gehören möchte.

Ich unterschreibe mich dir (1959–1979) als dein
Uwe Johnson

Twenty-five years with Jake, a.k.a. Bierwisch

Was soll ich dir, [Oh Jake, Oh dear], bescheren?
Die Zeit verrinnt. Wir werden langsam alt.
Nicht mehr wie einst in Leipzigs Sphären
Treibt uns des dunklen Triebes Urgewalt.

Wir sitzen nicht mehr ängstlich und beflissen
In dieser Stadt, die unsre Jugend war.
Kein Hund wird mehr an seinem Schwanz gerissen
Und fliegt in weitem Bogen durch die Bar.

Walter Hasenclever

Members and guests of a Bierwisch Jamboree will all know how to arrest this patron in their memory. A tall, slender man of modest behaviour comes to their mind, approximate height 190 centimetres of asthenic build, just without that tiny amount of roundishness that would make him eligible for the playboy class otherwise. Many will remember his beard first. Some will hold a grip on him by recalling habits of his, his way of looking at or into his pipe as if it were a strange object or a magic cup, his self-shattering laughter responding to a surprising suggestion. The police of his country will rely on their very own clue to his identity: 280730/4/300/0, that's him. Above all, the majority will trust to know one of the most important things about him, the quality that entitles him to a passport: his name. In short, they will think and believe that he is Manfred Bierwisch.

This is a voice of the menshevist faction who insists that he is Jake, and nobody else.

When I left a smaller university for that of Leipzig, I

thought it was a regular step up in individual training and education to be admitted into a group of friends who would accompany each other through life. Now I recognize it as the exception, a rare biographical gift and just the speculation that I might have missed it makes me feel robbed. There were five permanent members twenty-five years ago, all peers. One went by the name of Béla, commemorating an affair he had once been conducting with the works of B. Bartók. Another, the first to write his own ticket to the groves of academe with an analysis of Leipzig's everyday language, had had his Christian name exchanged for that of James, because of circumstances never mentioned to me. The third, our scout & guide & agent in the hunting grounds of sculpture and painting, too bore the name of James, perhaps to let illogic have its say. When I was co-opted, I had to accept the name Ossian, acknowledging a background the others must have found outlandish. And there was one Jake, born in Halle, but bred in Leipzig, the city that our youth has been. Occasionally we do hear his parents address him as *Manfred*, but when they talk to us about him, they use his real name, Jake. It is the only one I had for him from the very beginning, and ever since. We are aware that the outside world deals with him by way of a designation good enough for papers and official identification; we stick to Jake, to the extent and consequence that none of us would venture information on why he was accorded this peculiar abbreviation.

So Jake quite early wanted to be kept advised in and on various fields besides his own ones.

What is more, I am delighted to have singular friends. Why not one whose handwriting appears to be unreadable? (June 1955)

And what were the rules of such a friendship *à cinq* that we demanded, enjoyed and subjected ourselves to?

This is a selection: If you belong, you belong. You have the right to speak your mind to your heart's content, and the privilege to receive comments on the spot, may they please you or not. If you refer to »the friends«, you mean the five of us and what that word actually contains. You are free to call a spade an excavation device; we are agreed it still is a spade. Every tentative associate will be screened separately by the established members; the vote on admission must be unanimous. (After my first trial session with Jake I knew I wanted to pass, but wasn't too sure I would.) Each of us makes himself answerable for the lady joined to him, if he brings her along, and she is a full member for the duration. Above all: We must be able to trust each other on any level, in any respect, let us be discreet to the point of secrecy. (This last one may seem a bit too self-understood today, ludicrous even; in 1955 it still was an insurance against being misunderstood by the East German heirs of Stalin. It worked, too. We may never have been on file as people (»an association«) who congregate from various quarters of Leipzig to sit up nights and discuss whether J.S. Bach, in his *Musical Offering* of 1747, may have hidden a message.) Therefore: The more allegoric a dog, do not attract its attention. And we never frequented bars. Furthermore, let us keep in touch: in an era before any of us had permission to rent a telephone, everybody of us knew where an absent member abode and what he or she was up to. If we had insignia, they consisted in a musical sequence of five tones, a whistle that was to bring us together in spite of broken door bells or madding crowds. And we entertained quite a specific interpretation of what a classical poet defines as the unity in a »Third Cause«. End of selected rules.

It was Jake who demonstrated to me the working reality of

this private league. Seeing me stuck for a room in overcrowded Leipzig, Jake offered the most cherished possession of a young man: the room in which he grew up and still would like to live. It was one of the most generous loans I ever was given. Moving in under the roof of his parents in the North Star Estate of Leipzig on Sesenheimer Strasse, I found Jake's advice on »Sesenheim« easy to follow,

> Instruction for use of my Old Lady: She is the most worthy of love, and the friendliest person in the world

and exact.

(Having reached this place of Jake's childhood I, just for once, want to depart from my resolution to steer clear of hearsay concerning the first twenty-five years of his life. For inadvertently, when he was trying to supply me with material for quite another text, he offered one glimpse into the world he grew up in:

> Here is a school story. [...] In 1937 the still existing sectarian schools in Leipzig (and probably not only there) were dissolved. I had spent half of my first school year in a Catholic institution and now came to a general elementary school. What confused me there time and again was the fact that everywhere and all the time »Heil Hitler« was the greeting, the beginning, the ending. I lacked any practice in this, once and again I went astray into un-German formulae. Sent to the neighbouring class room with a circular, I knocked and walked with unease and pride (certainly, for this was a direct order of the authority and then I stood in front of the whole class of pupils, strangers to me) towards the awe-inspiring person at the desk and handed over the message, just to repair myself – with pride and unease – back into anonymity. And in

> doing that, of course, I touched the wrong note, saying, surely not loudly, but yet distinctly, »Auf Wiedersehen« (which I at that time considered to be something like »Aufiedersehen,« without the slightest notion that the formula was composed of a preposition and an infinitive transformed into a noun). The authority, however, replied sternly and decidedly, but certainly not even angrily, with the solely true, secretly admired by me, »Heil Litler«. Then I realized that I had said something, nowadays I would say, obscene. Maybe I had tried to hide the shame of my not belonging (possibly that man now perceived right away that I had come from the Catholics?). Considering my lack of being familiar with that »Heilitler« and the general bewilderment that must have misfired eminently. Anyway, when I had brought the door of the class room between myself and the authority, I certainly would have liked to become invisible. I imagine that I sneaked back to my seat disturbed to some degrees.

And sneaked back, no doubt bewildered to some degrees, to parents who had not taught him to spoil the day's greeting by referring to the welfare of the current Head of State.)

In 1955, Jake could lend and lease a private room away, because he had to be cured in public infirmaries. The first one was in Adorf near the Czechoslovak border, a place of nice historical dimensions which he must have hated by heart. For, in spite of his distance to the related writings of Thomas Mann, he darkly quoted the temptation to flee to the level country, and, more tellingly, he resisted variations on a place name that began with an A. He was quite alone there, with only the gentlemen MAILER/ADORNO/BRECHT/BENN/SARTRE to talk to, sometimes with a disastrous perspective resulting:

> It nearly seems as if I too could become a poet, because a sentence in relation to a frame of mind occurs to me all the time. But of course I am not of that kind. And I almost believe that I should feel relieved if there are things for which no »moulded word« can be found. (June 1955)

He cured himself of that by means of his own and admonished me as well that the thing being really indispensable is the psychology of language. There was one advantage to his being far from us: it increased our correspondence.

The scope of his generosity was wide enough to invite his guest at »Sesenheim« to place the furniture differently as he saw fit. But I was quite content to leave the huge desk, built by a younger Jake, exactly where it stood, and did not move the heavy armchairs (of Jake's design, too) by an inch. Apart from wishing to keep the room ready for Jake's return, I had found out that all the seats in that room under the slanted ceiling were arranged to guide one's glance to meet that of Dr. Gachet who, as in May 1890, still was looking at his patients, searching their behaviour for a clue to a diagnosis they would listen to and accept in time. (»Pleasure on my part to have united us in friendship towards Dr. Gachet.«)

In 1957 Jake was transferred to a sanatorium northwest of Berlin, and he must have taken more lightly to it, because he at once detected in a sequence of railway station names there

Bärenklau – Vehlefanz – Schwante – Kremmen

not only a German sentence but also the information that Vehlefanz had an inkling that Bärenklau might do something harmful to it, what ever Kremmen stood for, or could it be the other way around, as Bärenklau might hide an imperative or a verbal activity of yet another kind? The next station was for the Sommerfeld infirmary, and this Jake could adapt to his needs as well: »piece of land of a season«

was what he gave as his place of residence now, and sometimes he even signed himself as »Jakopp«, which name is known in modern German literature as that of a sweet man but peculiar friend. Up there in the Brandenburg March he was much closer to us, as we by now had at least one bridge head in Berlin from where to visit him. These weekends he turned, as was to be expected, into seminaries on subjects from Hegel to Einstein, and for a time our correspondence decreased in volume.

> For in truth it is not only the sun, the sky, the jetty into the lake or the ruins of Chorin for the sake of which life is necessary, but talking about it at the same time. This [...] life we lead does not become [...] but more bearable, if you can transfer it into talk with the friends. (July 1957)

But everyday life in Sommerfeld was regulated by rules of a harsher kind, and although on occasion Jake's success in tackling them was handsome:

> Meanwhile I put my trust in my glasses along with my typewriter which will get me a single room in the course of time (middle of May 1957); the single room is mine now (end of May 1957) –

obedience to medical discipline sometimes brought too slow and even imperceptible progress in the fight against Jake's malady. We were enormously relieved when we got him back from under that black cloud next summer, reliably assured that this would never happen to him again. This was one of the main points on the agenda of our 1958 summit conference, the festive part of which was crowned by a private performance of Goethe's *Faust*. Jake was Mephistopheles, excelling himself in the street scenes.

What I want to say for Sommerfeld is that it gave Jake an idea of Germany's North.

> Maybe Northern Germany consists just of the sky with an edge of trees around it and off and on water to reflect itself in? In any case this sky was without a cloud for days, and the wind unflaggingly blended itself with the sun, sweeping through green trees and above all over the unbounded Blue. Under this sky one gradually becomes full of an inebriation for which I know no name [...] (June 1957)

In June 1958 Jake did me the favour of visiting me where I had grown up (as a precaution against boredom he brought Pawlow's *Selected Writings*). We walked all the way from the town of Doberan to the sea, first on the causeway (in order to strip it of the title Hitler had given it, »Germany's most beautiful highway«, then to hand the description back to it by our own plentitude of power) finally on paths through fields and along lame ditches that led us to the infinite mixture of grey and green water under the vast sky that now belonged to Jake as well. And for moments the sea had the civility to be as blue as blue can be, too. We roamed the hilly forest southeast of Güstrow and settled one of Jake's questions for good: This is the German broom? you mean the plant one reads about in books?

Jake nowadays spends many of his holidays in broom country.

And Jake, assuredly a staunch Saxon patriot, came back with me to his country, mounted without any suspicion a Leipzig streetcar and heard Saxons nattering in their convenient way. Suddenly the original sound overwhelmed him. He looked at me, and I immediately fixed my attention somewhere else. For Jake laughed, wildly and forgetfully, at the way Saxons talk.

That must have been a baffling summer for neighbours in »Sesenheim.« For as early as in 1955 they had taken me to be Jake; that is how much they missed him. They nodded to this likeness of his, they returned the time of the day, they even accepted my way of speaking his language. (And fellow inmates at Sommerfeld had refused to acknowledge his own and natural brother, after they had seen me with Jake.) Now there appeared to be two Jakes in »Sesenheim.« Which was which? So we had to conclude a private treaty under which we resolved to be always on the most gallant of our behaviour, to avoid any damage to each other's reputation, and to adorn it.

As Jake retreated to Berlin, I could continue to sometimes live at »Sesenheim« and enjoy the hospitality of his parents as if they were my family too. Dear Madame, dear Mr. Bierwisch, I thank you for your kindness. Salute!

As soon as a delegation of the friends had smartened up Jake's room in Berlin for the fourth time, he christened his new address by combining the first part of his street's name with »heim« (there had never been a »Sommerheim«). The place where he worked now, the Academy of Sciences, was already known by one nickname, »Paradise of Rare Birds,« but Jake surpassed this easily:

> The description of my professional duties goes on to be as it always was and since yesterday a *plerologist* of the contemporary German language which derives itself from *plerem* and is incomprehensible to me. However, I am going to manufacture [create? produce?] a *plerem* and fix it to the door of my flat, because that is a revolutionary tradition. Customers will flock to me in crowds. (Jakob B. Plereme en gros et en detail.)

In a footnote he refers the helpless recipient of this communication to »*Faust,* Part I, Act 2, Scene 3/7«. Scholars of Greek and of Danish linguistics, please note! I mention this item just to be of assistance. I swear this was written and signed by himself on the 5th of August, 1958.

1958 was also the year for Jake to find a new side to his identity. After four days in Budapest he felt a Hungarian in wide areas of his mentality.

Jake nowadays spends many working holidays in Hungary.

Our 1959 summit conference was inaugurated by our taking part in the First of May demonstration in Leipzig. We marched in the ranks of the university, as if we belonged.

In Berlin Jake chaired, reluctantly, a continuation session in the course of which I was advised to leave the country for the area where my first book was published. It was a work of fiction that in a margin took the liberty to cast a slight doubt on the axiom according to which a human being is recognizable to the extent that her or his brain could be reconstructed as an electronic machine. I had discussed my writing step by step with the friends, but only when it was irrevocably printed they felt their arguments momentous enough to accuse me of having betrayed the ethics of science. At that time I used to think of our Berlin faction, Jake and James, as »the cybernetics gang«. In the end we all had to conclude a peace treaty, the second article of which I still esteem a victory of sorts: »Explicableness of a matter is not yet the matter explained.« Sorry, Jake; but I still treasure your signature to that.

The time from summer 1959 to summer 1961 I remember as the most unencumbered period of our friendship. For I had chosen that part of the West that was closest to the friends, the other Berlin, and for the first time we lived as neighbours. The weekends at my place had become an institution, and the friends' criticism and advice made my second book the most pleasant to write. Happily, it made Jake laugh at certain times. We must have believed that the future had no end in store for our being together in discussions, walks, excursions. When the Berlin wall had been built, and Jake in his loyalty elected to stay on the other side, the sense of separation and loss felt quite unsurmountable.

We had been so spoilt by, and dependent on, the luxurious habit of »exchanging air and gin and talk«, we had to teach ourselves to communicate by letters only again. At the end of 1962 Jake was up to acknowledging this means of sharing our lives once more. As a limited means, at that. For there were things we would have told each other but thought unfit to bring to paper. Political topics were restricted, as sometimes we found our letters opened before we got them. There were misunderstandings, too, arguments growing autonomous which would have been tamed by the usages of conversation. So we used the Sample Fair of Leipzig to meet each other, but only once, so as not to overtax the benevolence of the East German authorities. So I presented myself, in 1965, at the border between the Berlin cities with papers which I felt entitled to but should not have used in the view of a different school of legal thinking, and won half a year of neighbourhood with Jake. But those occasions were highlights, feasts, holidays indeed; we were always aware of the imminent end, and the feeling of being rationed to each other did not go away. And in due course the border police turned a very attentive eye to the document of my identification and urged me not to return to Jake's sort of Berlin. So back to correspondence we went, upset by its delaying effect on interaction, missing the social situation of talk with the additional information provided by the partner's voice, the expression of his face, his quick or hesitating response. Nevertheless our correspondence grew, and an archivist would say that all is there. For instance, that Jake was available in Hungary, where I could not go, that Jake might be available on a certain afternoon in the transit hall of Zürich airport, which he never was, that Jake was available in Prague only after the airport commander marched him to the men's room and with a kind of sheep shears robbed him of valuable parts of his beard (in order to make him look like the photograph in his passport) – a scene I also was not able to witness. It is established in our files that Jake was the terror of editors even more than in his youth, creating exquisite rumours by his generous way of treating manuscripts. That Jake once was barred from travelling even to Prague and tested his elbow room visiting a place called Kunowice for exactly three hours, little caring for, not even noticing the historical dimensions of Kunersdorf. Also what Ezra Pound was fond of calling the »laundry list« ran in abundance through the mails, as we reported to each other even from the different coasts of the Baltic Sea allotted to us. And I have in my possession Jake's collected comments on the things I have written, since bricks were put between us, useful hints had I been able to receive them before publication, talking to Jake and answering him. Certainly our correspondence serves to document our intertwined doings over all these years, but I would have preferred to spend them in Jake's company to receiving and committing them to paper.

We would have recognized each other, as we heeded yet another poet's advice:

> I will send a picture too
> if you will send me one of you,

what concerned us was the moment after such an improbable meeting. Where we once had enjoyed an intuitive and confident perception of each other's day and disposition, we now even distrusted description:

> Sometimes I ask myself whether we are able to convey sufficiently distinct ideas of our way of life across the ten kilometres that separate us as a rule. Not only my taking my briefcase under the arm, hurrying to Magdalenenstrasse underground station, reading during the trip a linguistic essay or the records of the Moscow trials or the *Sonntag*, entering my office [...], but also the way we conduct ourselves towards the various friends, the way we are impatient or collected, disdainful or kind, the way we make a great stir or remain quiet? (May 1964)

After nine years of conversing by letters this question answered itself in the very moment when it was legal for me to push the button belonging to a person who announces himself as »Bierwisch« to the outside world. Our confidence was rewarded on the spot. We had not in the least lost the hang of how the other could be patient and collected, kind and quiet. But we made a great stir.

At first, we actually had to make sure that we remembered the year 1955 in a similar way, and so on to 1972. But from now on we would have time, and eventually I did get round to the request to be told why Jake now had chosen to be a *psycholinguist*, and he enlightened me in a fashion even I could understand. Among other things, he still is a demanding and lenient teacher at the same time. Because of this quality, and for reasons to be mentioned by experts of a different sort, I should like to see the title of a professor patientiae causa bestowed on him; for a start. May I ask you to support the motion?

It would just be for linguistics. Not for achievements in the field of architecture; to name but one. For when he visited me recently, we came through Canterbury, and pointed out to him that he had the chance to be the first of my visitors to pass up the Cathedral. Jake, inspecting Canterbury Cathedral, explained to me its original design and how it was changed through the centuries. I just looked at him, knowing what this building does to people not normally living in Kent. He strode around firmly, every inch a man who also reads the Bhagavad-Gita in the original, an impressive sight. On leaving the scene of his instructions, Jake bought a brochure on Canterbury Cathedral, offering an architectural history somewhat different from his own teachings. Undaunted, Jake braved an imperial English rain, walking forward like a man who otherwise knows his onions.

Congratulations, Jake, Chief!

Regretfully, it is only now that I remember the German custom according to which on a man's fiftieth birthday you never give a toast on him, but, without fail, on his wife. As the damage is done and the horse has gone astray, let me at least lock the stable with a final quotation:

> On the 12th December of 1975 at 12 o'clock noon Judith, with official and private approval, accepted the name Bierwisch-Doherty. According to our wishes the secular act connected to this was introduced by playing the *Small Suite No. 2* by Igor Stravinsky. Witnesses were not required.

They are required, and present, now. Let us all second this motion, and may it be carried.

»Sie haben Ihre Heimat behalten dürfen.« Werner Düttmann zum sechzigsten Geburtstag

Lieber Werner Düttmann:

Es fällt mir schwer zu begreifen, dass Sie in drei Tagen sechzig Jahre alt werden. Gewiss, da die Kataloge und Handbücher es so mitteilen, glaube ich es; würde das Faktum auch weitersagen auf Befragen. Jedoch ein wenig unfasslich bleibt es.

Denn es ist für mich nur ein paar Jahre her, 1957, da zeigte die Stadt Westberlin mit einer »Internationalen Bau-Ausstellung« an, dass sie recht wohl am Leben bleiben wolle, unübersehbar dicht an der S-Bahn, und in der Gruppe F hatte ein Werner Düttmann eine Bücherei beigesteuert, eben jener, der im Jahr darauf von der Presse bezeichnet wurde als »der *junge* Architekt« W. D. – dies kann ich belegen. Die so schrieben, wollten vorsorglich sich verwundern über das Kunst-Stück, das jemand in so wenig vorgeschrittenen Jahren in das Grüne beim Bahnhof Bellevue zu setzen gedachte, und als ich für meinen Teil einen Anfang mit dieser Akademie versuchte, in der Klee-Ausstellung vom Januar 1961, muss ich den Erfinder und Erbauer dieses Instituts für ungefähr gleichaltrig angesehen haben, auch geleitet von den Erzählungen zu Ihrer Person, die in der Stadt umliefen. Und selbst das Zahlenpaar 1961/1981 verfehlt auf mich die Wirkung, die nach der Regel hier geliefert werden sollte von der Dame Magie. Denn seit ich mit Ihnen in Person zu tun gehabt habe, von Ihrem ersten Besuch (in

Rom, 1962) bis zu meinem Gastspiel als Ihr Vizepräsident in der Akademie und der Rede, die Sie mir stifteten im vorigen Mai – all die Zeit sind Sie mir niemals erschienen als jemand, der anderen etwas voraus haben will: nehmen wir mal die Würde das Alters. Sogar der Versuch dazu müsste Ihnen misslingen, solange noch das Düttmannsche Nachdenken Ihnen die ureigentümlichen Bögen in die Stirne treibt, mehrere über jeder Braue. Auch erinnere ich Ihre Stimme als zu jugendlich. Kurz, ich wehre mich. Aber mir ist auch gegenwärtig, mit welcher Miene Sie einen Entschluss in Angriff nehmen, der Ihnen genauso missliebig vorkommt wie notwendig und als gar kein hübsches Spiel; ich gebe auf, ich gehorche der Pflicht: ich gratuliere Ihnen zum 60. Geburstag.

Vorsichts halber sehe ich nach und finde als Herkunft des Wortes *grates* und *tollere*, »Angenehmes darbringen«; und weiss nun wie die Sache anstellen. Denn das Angenehme, es steht ja schon da; Sie haben es aufgebaut in eigener Person. Das sind Ihre An-Teile von Berlin, ob sie nun zu suchen sind im Wedding, in Zehlendorf, »In den Zelten«, im Hansa-Viertel, im Westend, in Kreuzberg, in Charlottenburg, im Grunewald, am Wannsee und abermals im Wedding – das sind nur die Arbeiten, die Sie für erwähnenswert erachten, und wenn ich dazu Glück wünsche, so weniger wegen der rund 750 Millionen Mark, die Ihnen 1969 als Bauvolumen für bloss drei Jahre nachgesagt wurden, sondern weil ich weiss von Leuten, die wohnen der Massen einverstanden in einem Ihrer Häuser, die lassen den Architekten Düttmann auch später noch durch die Tür, zusammen mit ausländischen Kollegen, die mal von innen sehen wollten, wie er das überhaupt anstellt.

Obendrein können Sie von einem anderen Glück reden. Damit meine ich jene Ausnahme in Ihrem Lebenslauf, die in diesem Zwanzigsten Jahrhundert vielen durch die Lappen geht: Sie haben Ihre Heimat behalten dürfen. Werner Düttmann, geboren und aufgewachsen in Berlin, lebt nach wie vor in Berlin, im Raum der Stadt wie in ihrer Sprache. Und wäre er von auswärts, so hätten die Berliner ihn zu einem der Ihren gemacht, Ehren halber: indem sie für die Akademie der Künste gleich zwei Übernamen benutzen: »Gewächshaus« und »Kunstspinnerei«. 1963, »ich als oberster Planungsscheich«, das ist Originalton Berlin und Düttmann, ohne dessen »Grundsatzprojekt« das Europa-Center erheblich falscher dastünde; nun aber nannten die selben Leute, die ihn einst »den jungen Architekten« titulierten, ihn einen »Unruhestifter«, und sie zitierten ihn mit unser aller Zustimmung: »Das darf keine Bürokiste sein, wo's zieht! Erst Gegensatz bringt Leben.« Auch im folgenden Jahr waren wir mit ihm einig in seinem Befund: »Eine Stadt funktioniert erst, wenn sie mal ein paar Stunden nicht funktioniert.« Im selben (Jahr) 1964 meine ich Werner Düttmann zufällig getroffen zu haben an einem Frühstückstisch im Westdeutschen, und verschweige wo, denn von da kam er zurück mit dem aktenkundigen Begehren: »Mehrere deutsche Städte gehören eingemauert, damit sie in ihrem Innern erst mal aufräumen und nicht das Land überwuchern.« So spricht ein Chef der Stadtplanung von Berlin. Berühmt wurde das Jahr 1964 durch seinen Aufruf: »Rettet den Stuck!«, mit der Erläuterung: »Was einst nach Schinkel aussah, sieht jetzt aus wie Lemberg-Ost«, wobei mir seine Abneigung gegen die östlichen Bezirke jener Gemeinde im Kreise Pirmasens (3250 Einwohner) ein wenig unerfindlich ist. Für mein friedenauer Teil habe ich ihm die Wiederherstellung eines Reliefs am letzten, nordwestlichen Hause in der Hähnel-Strasse (sehenswert!) zu danken, ausserhalb eines amtlich bezeichneten Rettungsgebietes, denn Professor Düttmanns ironischer Appell zur Erhaltung des Dekors wurde auch anderswo verstanden und beherzigt: »Das sind die Jahresringe von Berlin. Die wollen wir mit Würde tragen.« So ist die Würde unserer Urgrossväter gelegentlich bewahrt, und Werner Düttmann sehe ich zwinkern. Schliesslich, aus seiner Tätigkeit als Hochschullehrer zitiere ich den Ausspruch: »Wer ein Haus bauen kann, baut auch eine ganze Stadt«, denn ob ich nun am Denkmal für Dag Hammarskjöld vorbeikomme oder seine Akademie betrete, denke ich an Werner Düttmann und die Stadt, die er sich erbaut hat an vielen Orten Berlins, und mit fälligem Respekt nenne ich sie Berlin-Düttmannsdorf.

Eine Gratulation will auch voran in die Zukunft, und so wünsche ich zu diesem von Werner Düttmanns Geburtstagen noch zwei Dinge.

In der einen Sache sind Sie eines Glückwunsches wohl unbedürftig, verbündet wie Sie ohnedies sind mit einer Frau, die kann Ihnen und uns auseinandersetzen, was das ist: »Farbe im Stadtbild«.

In der anderen Sache wünsche ich, Sie möchten Geduld übrig haben, der Akademie und ihren Mitgliedern weiterhin vorzustehen, so oft auch ein Plenum Sie verblüffte, wenn all die Gleichen unter Gleichen sich verwandelten in eine heillos verkrachte Schulklasse. Bei all Ihrer Begabung und Bereitschaft, das Gegenüber anzuhören und zu verstehen, es bedeutet ein Opfer, und ich bitte darum. Vielleicht, hoffentlich werden Sie noch lange darauf sich einlassen, mit der Gelassenheit eines, der – einem Vernehmen nach – gerade 60 wird, wozu ich Ihnen, uns allen, gratuliere auf das schönste, und herzlich.

Wie man bei dem Abschiede eines abgestatteten Besuches noch einmal den Personen, welchen unser Besuch galt, etwas Verbindliches zu sagen pflegt; so auch in dem Briefe am Schlusse des selben. Man empfiehlt bescheidentlich sich der Person, für welche unser Brief bestimmt ist, zum fortdauernden Wohlwollen, Andenken oder zur Geneigtheit und Liebe, sagt derselben sein Lebewohl, und schliesst dann mit der Endversicherung der unveränderlichen Gesinnung, welche man gegen ihn hegt.

Erinnerung

Damit Werner Düttmann einen Spass hätte, weil es Leute gibt, die fangen unweigerlich an mit einem Zitat, tu ich ihm den Gefallen und führe einen antiken Bescheidwisser vor, Menander heisst er, und sein Schnack lautet: »Der Arzt aller notwendigen Übel ist die Zeit.« Nämlich wir müssen uns verabreden, diese Redensart für Werner Düttmann zunichte zu machen.

Wenn es einen Trost gibt, wir können ihn beziehen von dem Menschen, dessen wir gedenken. Denn er war vertraut mit dem Sachverhalt, wonach zwischen seinem ersten Bewusstsein vom Leben und dem notwendigen Übel des Sterbens nur eine unbestimmte Zeit ist und das, was er in sie hineinbringen kann nach Willen, nach Kräften. Da er sich Mühe gegeben hat, ist seine Hinterlassenschaft von einer Art, die uns zur Dankbarkeit beredet, zu einer Freude geradezu an dem Glück, das er hatte und bereitete, für sich wie für uns.

Das eine, das erste Glück: Er hatte seine Mutter behalten dürfen bis zum 18. Februar 1977, bis in ihr einundachtzigstes Jahr. Das stelle ich mir vor als ein Geschenk. Den Vater zwar hat er am 9. Juli 1952 eingebüsst, dem sind drei Jahre im Konzentrationslager Sachsenhausen, eine Folge jähzorniger Missverständnisse, zu schlecht bekommen. Vor allem aber, bis zum letzten Tage seines Daseins hat er sich in einer Welt gewusst mit seiner Schwester, Frau Ursula Schliesser, dem Menschen, den er ansah als den allerwichtigsten für sich.

Das andere Glück, das untrennbare: Werner Düttmann hat seine Heimat behalten dürfen. Geboren und aufgewachsen in Berlin, hat er sein Leben fortgeführt im Raum, der Sprache, in den Nachbarschaften dieser Stadt, sich bedankend mit Arbeit für sie. Und wäre er von auswärts, so hätten die Berliner ihn zu einem der ihren gemacht, Ehren halber: indem sie für seine Akademie gleich zwei Übernamen benutzen: »Gewächshaus« und »Kunstspinnerei«; welche Übung hierzulande gelten soll als (noch mal) ein Bürgerbrief.

Aber er ist richtig aus der Caprivistrasse, vier Blocks vom Stralauer Tor, als geboren gemeldet an einem 6. März (»Michelangelo und ich«), dem von 1921, Sohn der fünfundzwanzigjährigen Frieda Düttmann, des Bildhauers Hermann Düttmann. Zu dem Vornamen Werner bekam er noch die seiner Grossväter: Richard, nach einem Eisenbahner, vorsorglich, wie sich erweisen wird; Otto nach einem Bildhauer, der für die öffentlichen Gebäude von Bremen Figurenschmuck verfertigte. Zwar war der Enkel in seiner letzten Woche in Bremen, einen Preis verliehen zu bekommen; gesucht hat er an den Gebäuden von Post und Polizei nach den Bären, Löwen, Heiligen des Grossvaters. Aus der Caprivistrasse zieht der Vater Werner Düttmanns für ein Jahr nach Brasilien, dort ein Glück zu versuchen; kam nach Berlin nur zurück, um die Familie abzuholen nach Rio. Dem widersetzte sich die Mutter, die Düttmannschen Kinder durften ihr Berlin behalten. Der Junge sollte mit seinem roten Spielzeugauto geneigt gestimmt werden zur Auswanderung; der Junge wollte mit etwas anderem spielen. Unbedenklich tauschte er das kostbare Ding ein gegen ein paar Stücke Kreide, mit denen man auf dem Pflaster malen kann. Er wünschte sich auszudrücken.

Aber es fehlte in der Familie Düttmann damals das Geld für eine Ausbildung in der Kunst, etwas aufzuzeichnen. Der erste Umzug 1930, in die Genfer Strasse in der Weissen Stadt, erwies sich als zu kostspielig für einen »Bildhauer ohne Fortüne«, Originalton Düttmann, nach einem Jahr mussten sie zurück ins arme Kreuzberg, Grossbeerenstrasse, eine geteilte Wohnung, Aufgang für Dienstboten. Es ging so knapp zu, den Kindern musste das Mitgehen bei Schulausflügen untersagt werden. Manchmal kamen am nächsten Tag Kameraden aus der Klasse, von Mitleids wegen, und brachten aufgehobenen Kuchen; das sei das Schlimmste gewesen in jener Zeit. Oft war Essen nur zu haben aus der Kirche St. Bonifatius an der Yorckstrasse, oder es mußten bei Bolle Knickeier geholt werden. Schliesslich war sogar da die Miete zu teuer, es ging in eine Kellerwohnung an der Lankwitzstrasse, Nähe Hallesches Tor, nur zwei Fenster. Erst im Winter 1933 konnten die Düttmanns in ein eigenes Häuschen einziehen, Stadtrandsiedlung Blankenfelde, etwas Eigenes, dennoch unbehaglich.

Die Kinder wurden Fahrschüler, auf der Heidekrautbahn nach Wilhelmsruh (Reinickendorf). Ausgelassene Kinder, mit den Schaffnern auf Neckfuss; mit ihnen verhielt es sich ja so, dass der Bruder gleich eine Schwester vorgefunden hatte. Die aber nannte er, seinen Anspruch anzumelden und Gefühle zu verbergen, Katinka. Heute besteht sie darauf: Es war anders. In Wahrheit sei er das Allerwichtigste in ihrem Leben gewesen, ein unermüdlicher Erfinder von Geschenken, Hilfeleistungen, Ratschlägen. Sie waren sich einig auf der Heidekrautbahn und beraubten amtliche Vorschriften ihrer Heiligkeit, indem sie selber welche an die Wände schrieben, so die, wonach das Abpflücken von Blumen während der Fahrt untersagt sei. Katinka nannte ihren Bruder nach einer Kurzform des Namens von Winnetou, eingedenk gemeinsamer Indianerschlachten in Kreuzberg; Tüte nannte sie ihn.

1942 besannen Hitlers Leute sich darauf, dass ein Werner Düttmann volljährig geworden war. Ist ja unerhört, da studiert einer seit 1939 an der Technischen Hochschule die Baukunst! Den ziehen sie ein, pünktlich. Bei der Luftnachrichtentruppe in Ostpreussen, später in der Ukraine. In Reinickendorf hatte es das erste Mädchen gegeben, dem er Blumen brachte; in der Sowjetunion hatte er von einer zweiten Blumenfreundin Abschied zu nehmen. »Niezapominajki«, das hat er sich dauerhaft gemerkt. Es folgt Dienst in Charkow. »Da war das Scheusslichste, was ich hab ansehen müssen in meinem Leben.« Danach Kurierdienst zwischen Ostfront und Frankreich. 1944 bei Reims hatten die Amerikaner einen Düttmann auf der Liste, prisoner of war. Er überlebte, mit Glück, das erste Lager in Frankreich; er schaffte noch die Verbringung in ein englisches. In dem, bei der Vernehmung, wurde der junge Düttmann »pampig«, Originalton und Eingeständnis; bekam Verschickung nach Comrie in Schottland. Dort schliefen die Kriegsgefangenen zu hundert in den Wellblechbaracken, und von den paar Geheilten in der Ecke musste jeweils einer wach bleiben, einer Heimsuchung durch die unentwegten Anhänger Hitlers vorzubeugen. Düttmann hatte einen Knüppel in seiner Pritsche, den trug er auch tags als Waffe bei sich. Immerhin gab es noch an diesem Ort Offiziere, die hielten Taktikunterricht ab an einem Tablett voll Sand; wer das für überholt hielt, galt als Verräter. Matthew Sullivan, in seinem Buch *Thresholds of Peace*, beschreibt Düttmann als »einen höchst unmilitärischen und ungezwungenen Mann, mit einer Decke um die Schultern«, als einen der »am weitesten befreiten Menschen im Lager« und vermutet, das Aufwachsen in einer liberal gesonnenen Familie habe ihn mit einem Gegengift versehen. Als dramatisch an dieser Haftphase bezeichnete Düttmann damals, »wie jeder Standpunkt, den man einnahm, immer noch falsch ausfiel«. Er war einer von denen, die im Dezember 1944 verlegt wurden in ein Hotel in Cumbria; er schien anfällig genug für Ausbildung in demokratischem Verhalten. Dort gab es Kurse in Philosophie, Geschichte, Literatur, Musikwissenschaft, Geographie und

Architektur; pünktlich trafen die englischen Zeitungen ein, dazu die *Schweizerische Weltwoche*. Für den Gefangenen Düttmann wurde später in Wilton Park eine Ausstellung seiner Aquarelle und Linolschnitte veranstaltet; unter den Besuchern fand sich der Dichter Walter de la Mare, der Kritiker Herbert Read, der Bildhauer Henry Moore. Moore lud diesen jungen Deutschen in sein Atelier zu London; der durfte auch in Oxford zu Besuch gehen, da hängen noch heute zwei seiner Gemälde. Sehnsüchtiger Briefwechsel mit der Schwester (»Ich bin vielleicht zu weit gegangen, / Du weisst, man hat mich weggefangen«); unterschrieben: »Dein Winnetou, der tiefbetrübte«. Im zweiten Herbst nach dem Krieg entlassen die Engländer ihn, nach Berlin.

Im November 1946 fuhr kein Zug auf der Niederbarnimer Eisenbahn in Richtung Schorfheide, aber der Heimkehrer musste aufgepasst haben bei seinen Touren auf den Schienen als Kurier, oder jemand erkannte ihn auf dieser Strecke, da heizte ein Zugführer eine Lokomotive auf für den einzelnen Passagier, und ein Schaffner warnte die Familie mit der guten Nachricht in Blankenfelde. Desgleichen war ein Grossvater bei der Reichsbahn gewesen.

Und was machte Herr Düttmann danach sich aus den Engländern? Hatte er einen Rochus auf sie? Aus England führte er bei sich eine Bekanntschaft mit Henry Moore, zum Zeugnis derer wir eine ungemein bedenkenswerte Figur vor der Akademie zu liegen haben. 1950 bietet ihm die Durham University ein Stipendium fürs Studieren in England; er nimmt es an. Von der Stadt Newcastle heisst es, er habe sie auswendig erzählen können. In London erwirbt er dereinst ein ganzes Haus, Regent's Park Road; dermassen haben die Engländer ihm eingeleuchtet. Von ihnen hat er den spielerischen Umgang mit Maximen gelernt: »Let's compromise; do it my way.« Und das Haus in Morsum, es war doch erst vollständig eingerichtet, als er dafür eine Nummerntafel aufgefunden hatte, deren Ziffern er eigens zu loben liebte als englisch gezeichnet, ganz und gar; eine britische Fahne flatterte daran viele Sommer lang. Und 1981, um seiner Frau noch einmal Auskunft zu geben über sein Herkommen und seine Bewandtnis, bittet er sie auf eine Reise nach England. Was zeigt er ihr da? Ein Hotel in Shap Wells, Cumbria. Das war einmal eine Verwahranstalt für Feinde aus Deutschland. Er gibt sich zu erkennen als ein Insasse, und er ist ein willkommener Gast bei den Engländern.

Vorläufig hungert er nach den Regeln, die 1947 galten für Berlin, ist mangelhaft bekleidet und im Grunde ohne Einkommen. Nichts da, es wird studiert. 1948, und es hat ihm wahrlich genug im Wege gestanden, besteht er die Diplom-Prüfung an der Technischen Universität von Berlin. (Obwohl er, ein Muster an Zuverlässigkeit und püntklichem Auftreten, zwei Stunden verspätet zum Mündlichen kam, wegen eines Sackes Zuckerrüben, der ihm sonst durch die Lappen gegangen wäre; Scharoun sah ihm das nach.) Unersättlich nach neuen Adressen in Berlin, zieht Düttmann abermals um, in die Gitschiner Strasse, wohnt über der Eckkneipe von Herrn Jäker, der hilft ihm mit warmem Essen über die Runden. Da ist auch eine erste Anstellung, Stadtplanungsamt Kreuzberg. Für Werner Düttmann hat der Beruf in Berlin angefangen.

1949, er ist achtundzwanzig, fällt ihm eine Frau auf in der Stadtbahn. Es verbietet sich, sie augenblicklich anzusprechen; da sind die guten Sitten, die Manieren, nun auch noch englische. Er sucht sie zwei Monate lang, gibt fast täglich auf die Frage nach seiner Tätigkeit an, er fahre S-Bahn; Katinka, die Schwester, weiß wozu. Das Wozu ist die erste Ehe, geschlossen am 6. März 1950 mit einer Frau aus Norwegen, »Tüppen-Küken« heißt sie für ihn, drei Kinder bringt sie mit: Björn, Britt, Bettina. Wohnung in der Bayernallee, später in Spandau. Am 30. September 1951 stirbt

Ingeborg Düttmann bei der Geburt seines Sohnes Hans Werner. Sie ist auf dem Waldfriedhof Heerstrasse beigesetzt; in ihr Grab zu kommen hat er für sich bestimmt.

Wiederum ein Umzug, der letzte innerhalb Berlins, wohl der bitterste von allen. Denn es geht auf ein Grundstück im Westend, das die Verstorbene sich gewünscht hat. Da muss er eine Ruine in Ordnung bauen, für eine Frau, die tot ist. Werner Düttmann steht auf dem rückwärtigen Balkon des fertigen Hauses, unter sich zwar Fahrgeräusche auf der Strecke nach Hamburg und Sylt, im Blick den täuschenden Baumbestand des Friedhofes Heerstrasse, darin weiss er, schräg links von ihm, das Grab Tüppens. Seit dem Einzug, 1954, sagt er dabei: Da werd't ihr mich denn abliefern.

Er wartet länger als zehn Jahre, ehe er es noch einmal versucht mit dem Heiraten, das Datum ist der 13. April 1962, von Renate Düttmann hat er eine Tochter Katharina, geboren am 9. Oktober 1962. Dieser Versuch bewährt sich über vier Jahre.

Danach nimmt er sich fast dreizehn Jahre, bis zum 6. März 1979, ehe er noch einmal den Annehmlichkeiten des Ehestandes sich unterzieht, mit Martina Düttmann, der wir alle wünschten, sie und Werner Düttmann hätten einander noch des Längeren beim Leben behilflich sein dürfen.

Er ist gestorben. Aber statt in einer Fremde, ist es ihm zugefügt worden auf den Strassen seiner Stadt, vom Hanseatenweg in Richtung Charlottenburg. Er hatte da eine Arbeit zu besorgen. Er genoss es, chauffiert zu werden; er betrachtete eine Umgebung, die seit mehr als sechzig Jahren die seine war. Dabei starb er. Er atmete einmal schwer. Er neigte sich ein wenig vor. Er sass nur ein wenig stiller da.

Seit vierzig Jahren gehörten zu seinem Handgepäck, den griffbereiten Erfordernissen, die Werke eines Schriftstellers, den zu zitieren er unermüdlich war. So wird ihm auch dessen Wort vom Tod gewärtig gewesen sein. Da fragt ein

Malte Laurids Brigge: »Wer gibt heute noch etwas für einen gut ausgearbeiteten Tod?« Und später heisst es: »Zu weit darf [der Tod] sein: man wächst immer noch ein bisschen. Nur wenn er nicht zugeht über der Brust oder würgt, dann hat es seine Not.« Für Werner Düttmann ist es abgegangen ohne Not und Würgen; da können wir einig sein: Glück hat er gehabt.

Für den Professor Düttmann eine römische II

Zu Werner Düttmanns sechzigstem Geburtstag versuchten die Mitglieder der Akademie der Künste ihm zu zeigen, wie sie ihm verbunden sind oder zugetan; ich zählte ihm was auf in einem Brief. Dass mir das Datum unglaublich erscheine. Weil er mir niemals vorgekommen sei als jemand, der möchte anderen eine Sache voraus haben, etwa die Würde des Alters. Ich berief mich auf das Düttmannsche Nachdenken, das ihm die eigentümlichen Faltenbögen in die Stirn treibt, mehrere über jeder Braue. Auch klingt mir seine Stimme zu jugendlich. Kurz, ich beschwerte mich in sanfter Form, so wie es einem Mitglied gegenüber dem Herrn Präsidenten eben gerade noch erlaubt ist.

Dann redete ich mich heraus auf die Herkunft des Wortes Gratulation, man könne sie beschreiben als »Angenehmes darbringen«, und hielt dem Geburtstagskind entgegen, das habe er doch bereits angebracht und aufgestellt. Das seien seine An-Teile von Berlin, ob sie nun zu finden seien im Wedding, in Zehlendorf, »In den Zelten«, im Hansa-Viertel, im Grunewald, am Wannsee und abermals im Wedding – das sind lediglich die, die er für erwähnenswert erachtete. Wenn da noch Glück zu wünschen sei, so weil ich weiss von Leuten, die wohnen dermassen einverstanden in einem Düttmannschen Haus, die lassen den Architekten auch später noch durch die Tür, zusammen mit ausländischen Kollegen, die mal von innen sehen wollen, wie er das überhaupt anstellt. Für mein friedenauer Teil dankte ich ihm die Wiederherstellung eines Reliefs am letzten, nordwestlichen Haus in der Hähnelstrasse – sehenswert! Denn das hat er getan mit seinem Aufruf von 1964 *Rettet den Stuck!* und der Begründung: »Das sind die Jahresringe von Berlin. Die wollen wir mit Würde tragen.« Aus seiner Tätigkeit als Hochschullehrer war zu erinnern an den Ausspruch: »Wer ein Haus bauen kann, der baut eine ganze Stadt.« Und was er in Berlin errichtet hat, das erscheine mir, mit fälligem Respekt, als Berlin-Düttmannsdorf.

Zum Anlass jenes Geburtstages gehörte der Versuch, Werner Düttmann zu danken für die Geduld, mit der er unserer Akademie vorsteht, so oft auch ein Plenum ihn verblüfft, wenn es sich benimmt wie eine heillos verkrachte Schulklasse. Bei all seiner Begabung und Bereitschaft, das Gegenüber anzuhören und zu verstehen, seine Arbeit in der Akademie bedeutete ein Opfer, und er möge noch lange darauf sich einlassen.

Auf eine Antwort war ich kaum vorbereitet. Ein Architekt hat zu arbeiten. Ein Akademiepräsident bekommt viele Briefe. Die Antwort kam nach zwanzig Tagen. Er habe, so schrieb Werner Düttmann, seinen »Nachruf zu Lebzeiten« gelesen. Das war die Zensur; er hatte dergleichen Übungen angeregt, wenngleich für andere Gelegenheiten. Er habe schmunzelnd gelesen, dies war die Beanstandung: denn so schön sei er wirklich nicht. Dabei hatte ich bloss geschrieben, was ich wusste.

Eine Sache immerhin hat er mir bestätigt. Das ist die Sache mit der Zuneigung, mit der Freundschaft, die hat er mir unterschrieben. Daraus mache ich mir was.

Denn seine Begabung für die Kunst, anderen Menschen Freund zu sein, sie ist mir aufgegangen, seit ich ihn kenne,

1960. Anfangs mit Verwunderung. Denn er hatte mit Bauherrn zu tun, er war Senatsbaudirektor, Professor, Leiter der Abteilung Baukunst in der Akademie – da fällt reichlicher Umgang an, da kann es Ärger setzen, Feindschaft sogar. Und dennoch habe ich weder in Berlin noch auswärts einen Menschen getroffen, der über Werner Düttmann ein ungutes Wort gesagt hätte oder ein böses. Offenbar haben alle an ihm etwas gefunden, das leuchtete ein, das war achtbar, das gefiel ihnen, das liebten sie, das war ihnen recht.

Da hat ein jeder seines; Düttmanns Angebot ist vielseitig. Wir erinnern uns der Gastfreundschaft in seinem Haus; worin nur befremdlich war, dass er alljährlich darin drei Wände versetzte oder verschwinden liess. Als er seinen Studenten durch einen Neubau den Blick auf die Uhr am Rathaus von Charlottenburg verstellen musste, verschaffte er ihnen eine andere Uhr; es wird wenige Hochschullehrer geben, die so begrüsst werden: Glückwunsch, Tüte! Viele von uns gedenken seiner Geschenke; denn von zehn Stükken, die er anbrachte von den Flohmärkten in Paris, London oder Berlin, waren immer sieben ausgesucht zum Vergnügen seiner Freunde, auch zu ihrer Belehrung. Wenn die Kritik ihn hart anliess wegen seiner Bauten im Märkischen Viertel, er stand zu seiner Arbeit; und sollte er da Birken anpflanzen mit eigener Hand, am Bahndamm entlang; wiederholte voller Zuversicht auf die Leute, die in seinen Häusern wohnen: Geht doch hin und klingelt und fragt nach mir! Lehrstuhlbesprechungen hielt er mit Vorliebe in der Paris-Bar an der Kantstrasse. Wer mit ihm arbeitete, der lobte die universitäre Art, auf die ein Werner Düttmann hält. Mit der Einladung zu seiner dritten Hochzeit gab er das Versprechen, er und seine Frau würden »gute Freunde, liebe Verwandte und weitere Wohlwollende« am Abend zu trösten versuchen. Einmal sollte die Akademie unter seiner Aufsicht einen Ratschlag erarbeiten, den nannte dann der Auftraggeber recht aufwendig; halblaut, in eine exakt abgewartete Pause hinein, sprach Düttmann: Guter Rat ist teuer. Er dachte nach über ein Kind, das sich schwer tut mit den Radiergummifusseln auf seiner Zeichnung; endlich hat er es und bringt und stiftet einen feinhaarigen Pinsel. Wir kennen ihn als einen Künstler beim Erzählen von Geschichten; betrübt haben wir ihn still werden sehen und wegtreten in heimliche Abschiede. Und wie wehrte er sich, wenn einer ihm zu nahe kam mit der Erkundigung, wie es ihm denn ergehe mit dem ärztlichen Verbot zu rauchen? Er versuche dagegen anzurauchen. Er war keinem ähnlich als sich selbst; das kann einem gefallen.

Von meinem Exemplum mit ihm möchte ich auswählen: die Freude zu sehen, wie er einen Raum betrat und die Anwesenden begrüsste. Die Disziplin, die er sich auferlegte; wenn er aussah nach dem Stoss-Seufzer Fontanes: »Es muss auch *so* gehen.« Zuverlässiges Vertrauen. Und einmal bin ich von mir fremden Leuten aufgenommen worden als ein willkommener und verlässlicher Gast, weil Werner Düttmann mich angekündigt hatte.

Wie ein Mensch kaum wegen seiner Tugenden geliebt wird, sondern wegen des Gebrauchs, den er von ihnen macht, so kommt auch Zuneigung aus ohne auch nur annähernde Kenntnis des anderen, ja, es scheint fast, als zöge einen der an, der seine Geheimnisse zu bewahren weiss. Werner Düttmann hatte eines. Es ist, vielleicht, verborgen in einem Gedicht von Rilke, das er rezitieren konnte, als sei es auf ihn geschrieben (Paris, Frühsommer 1908). Es ist eine Absage an das Bleiben, das Besitzen, an die Beständigkeit. Es trägt die, für uns schlimme, Überschrift »Der Fremde« und beginnt so:

Ohne Sorgfalt, was die Nächsten dächten,
die er müde nicht mehr fragen hieß,
ging er wieder fort; verlor, verließ –.

Es endet:

Und dies alles immer unbegehrend
hinzulassen, schien ihm mehr als seines
Lebens Lust, Besitz und Ruhm.
Doch auf fremden Plätzen war ihm eines
täglich ausgetretnen Brunnensteines
Mulde manchmal wie ein Eigentum.

Werner Düttmann und ich, wir hatten es mit den Zitaten. Denn dass man einander gern hat, das mag angehen, aber es zeigen, unter Norddeutschen! Kommt nicht in die Tüte! Also musste in meinem Brief zum Geburtstag eine Vorlage her als Behältnis und Versteck; gedruckt ist sie im Jahre 1817 zu Berlin bei Carl Friedrich Amelang, und sie möge mit ihren Abwandlungen uns passen auf diesen Vormittag:

»Wie man bei dem Abschiede eines abgestatteten Besuches noch einmal der Person, welcher unser Besuch galt, etwas Verbindliches zu sagen pflegt, so auch in der Rede am Schlusse desselben. Man empfiehlt bescheidentlich sich der Person, für welche unsere Rede bestimmt ist, zum fortdauernden Wohlwollen, Andenken oder zur Geneigtheit und Liebe, sagt derselben sein Lebewohl, und schliesst dann mit der Endversicherung der unveränderlichen Gesinnung, welche man gegen ihn hegt.«

Anhang

Erläuterungen zu »*Schicksalhaft*« *war es nicht*

Peter Suhrkamp, Verleger, am 28. März 1891 in dem oldenburgischen Dorf Kirchhatten geboren, wird nach dem Besuch eines Lehrerseminars 1911 Volksschullehrer. In diesem Beruf arbeitet er – unterbrochen durch seine Teilnahme als Kriegsfreiwilliger am Ersten Weltkrieg – bis 1929 unter anderem an der Odenwaldschule und der Freien Schulgemeinde Wickersdorf. 1929 geht Peter Suhrkamp als Journalist und Redakteur zu Ullstein nach Berlin, 1932 wechselt er zum Samuel Fischer Verlag. Als die Erben von Samuel Fischer 1936 Deutschland verlassen müssen, erwirbt Peter Suhrkamp den Verlag und leitet ihn – von 1942 an erzwungenermaßen unter dem Firmennamen »Suhrkamp Verlag vorm. S. Fischer« – bis zu seiner Verhaftung durch die Nationalsozialisten im April 1944. Angeklagt wegen »Landes- und Hochverrat« wird er in Gefängnissen gefoltert und im Januar 1945 ins Konzentrationslager Sachsenhausen eingeliefert. Dort erkrankt er an einer doppelseitigen Lungen- und Rippenfellentzündung. Am 8. Februar 1945 wird er schwerkrank aus dem Konzentrationslager entlassen.

Als erster deutscher Verleger erhält Peter Suhrkamp am 4. Oktober 1945 die Lizenz für einen Buchverlag. Nach Auseinandersetzungen mit den zurückgekehrten Erben von Samuel Fischer gründet er in Zusammenarbeit mit 33 ehemaligen Autoren des S. Fischer Verlags, darunter Bertolt Brecht und Hermann Hesse, am 1. Juli 1950 den Suhrkamp Verlag. Am 31. März 1959 stirbt Peter Suhrkamp in Frankfurt am Main an den Spätfolgen seiner im Konzentrationslager erlittenen Krankheit.

Die Begegnung mit Peter Suhrkamp, über die Uwe Johnson hier berichtet, findet am 11. Juli 1957 in Berlin-Zehlendorf, Schützenallee 7, statt. Vermittelt wird dieses Treffen durch Hans Mayer, seinerzeit Professor für Literaturwissenschaft an der Universität Leipzig. Bei ihm hatte Uwe Johnson im Jahr zuvor sein Diplomexamen in Germanistik abgelegt. Aus Rostock schreibt er am 1. November 1956 den folgenden Brief an Hans Mayer:

Sehr geehrter Herr Professor,
ich erlaube mir Ihnen weiterhin Nachricht zu geben von Versuchen und Anfängen.

Das Manuskript INGRID BABENDERERDE / Reifeprüfung 1953 war im Sommer beim Aufbau Verlag. Man lobte mich sehr und fragte nach meiner Meinung hinsichtlich einiger Veränderungen, potschemu schto towarischtsch Sstalin sskasal schto my budjem bytj inschenerami tschelowetscheskich dusch.* Meine Meinung veränderte sich nicht in erwünschtem Masse. Ich erbat und erhielt das Manuskript zurück.

Ein anderer Verlag in der Demokratischen Republik las ein bisschen und lud mich zum Essen; die Literatur als aesthetisches Phänomen. Er las zuende und lud mich wochenendlich in sein Landhaus; die Literatur als innenpolitisches Phänomen, Wahrheit, Schwierigkeiten beim Druck derselben. Überdies sei kein Papier vorhanden.

Auch der dritte Verlag in der Demokratischen Republik versicherte mich der Bedeutung meines Manuskriptes für die Literatur der deutschen Gegenwart. Mut aber verhalte sich zum Risiko und der Verlag sei privat und diese Unterredung sei es auch.

* Aus dem Russischen übersetzt lautet diese Zeile: »Warum hat Genosse Stalin gesagt, daß wir die Ingenieure der menschlichen Seele seien.« Auf dem 1. Allunionskongreß der sowjetischen Schriftsteller 1934 wurde diese »reichlich schief geratene Metapher« Stalins wiederholt zitiert. Stalin soll bei einem Schriftstellertreffen am 26. Oktober 1932 im Hause von Maxim Gorkij die Arbeit des Schriftstellers mit »Ingenieur der Seele« umschrieben haben (vgl. H. J. Schmitt und G. Schramm (Hg.), *Sozialistische Realismuskonzeptionen,* Frankfurt am Main 1974).

Das Staatssekretariat für Hochschulwesen liess meinen Antrag auf eine Aspirantur fünf Wochen liegen und erinnerte sich dessen gleich, als ich kam. Da ich mich der Republik nicht habe als Kreiskulturfunktionär zur Verfügung stellen wollen, mangle mir die Praxis, ohne die keine Aspirantur vergeben würde. Wenn sich in Ihrem Wege eine Entwicklung zeige.

Ich habe viel um germanistische Arbeit gefragt. Wenn keine Beschäftigung nachgewiesen wird, muss die Gewährung von Wohnrecht und Aufenthaltserlaubnis entfallen.

Ich bemühe mich um die Vorbereitungen eines Buches über die erhebliche Verschrägung von Rauch durch Wind und Regen. Ich habe mein Boot verkauft aber besitze diese Schreibmaschine und bin damit nicht einverstanden.

Ich grüsse Sie mit vorzüglicher Achtung.

Uwe Johnson

Hans Mayer antwortet Uwe Johnson am 9. November 1956 aus Leipzig. Gerade von einem Vortrag über Heinrich Heine, den er in Düsseldorf gehalten hatte, zurückgekehrt, bietet er Uwe Johnson an, ihm doch einmal das »Romanmanuskript« zu übersenden. Jetzt, nachdem das Examen abgeschlossen sei, könne er mit viel größerer innerer Unabhängigkeit prüfen als vorher. Was mit dem Manuskript geschehen könne, ließe sich vielleicht einmal in Leipzig besprechen. Falls Uwe Johnson eine Möglichkeit sähe, wie er, Hans Mayer, ihm dabei helfen könne, einen Beruf und damit eine Existenzgrundlage zu finden, dann solle Uwe Johnson ihn das wissen lassen.

Am 22. Februar 1957 schreibt Uwe Johnson dann den folgenden Brief an Peter Suhrkamp:

Sehr geehrter Herr Doktor Suhrkamp,
dieser Brief betrifft das Manuskript INGRID BABENDERERDE / Reifeprüfung 1953, über das Sie durch Herrn Professor Mayer gesprächsweise unterrichtet sind und das ich Ihnen nun übersende.

Ich bitte Sie also nachzusehen, wie Sie es lesen mögen und ob Ihr Haus ein Buch daraus machen will. Ich versichere Sie meiner ausserordentlichen Hochachtung

Uwe Johnson

Am 18. Juli 1957, acht Tage nach der Begegnung mit Peter Suhrkamp, schreibt Uwe Johnson aus Güstrow an Hans Mayer:

Sehr geehrter Herr Professor,
ich bedaure nun wieder dass Sie nicht manchmal und gelegentlich auf dem Bahnhof von Güstrow ankommen. Zumal jetzt, da ein weisshaariger Bürger in Turnhose und Nikki mit seiner dreizehnjährigen Tochter ein Faltboot aus dem Gepäckwagen lud, die Tochter hatte sich zu diesem Zweck die Haare sehr kurz abschneiden lassen. Da die Schaffnerin an der Tür des Wagens dlja wojennosslujaschtschich* mit Armaufheben und Schreien erklärt: Nein, Njetnein! Schwaan! In Schwaan..., ne-j. Sach du em dat. Und der wojenosslujaschtschij ist so freundlich betrunken, dass er andächtig zuhört jedem Wort, und dann selig lächelnd eine Stufe tiefer steigen will, wo er am Ende unbehaglich die Schaffnerin vermisst, aber sie hat auch gesagt: Denn möt he lopen. Indem will er nur noch ein bisschen in den Wartesaal, er fühlt sich so trocken im Mund. So gehen wir denn alle hinaus mit ihm und betrachten die kleinen Mädchen, die wartend und ohne weiteres an der Barre stehen. Sie sind gekommen um zu sehen wer denn wohl so ankommen mag spät am Abend.

Ich erlaube mir Ihnen mitzuteilen dass in Bad Kleinen wieder ein Boot mich und die nächsten Wochen auf der Seenplatte erwartet. Es ist zerlegbar.

Ich bin mit der anständigen Hochachtung
Ihr
Uwe Johnson

P.S. Am Sonntag fiel viel Regen gewaltig auf die Clay-Allee So ergab sich dass ich am Montag mit zwei Kniffen im linken Ho-

* Aus dem Russischen übersetzt: »Nur für Militärpersonen.«

senbein durch den Bahnhof Friedrichstrasse schritt, es war ein Reisebügeleisen gewesen. Vielleicht war es dies, vielleicht war es dies auch nicht. Das mich vor die Zoll-Kontrolle brachte und all meine Habe ans trübe Licht der Gepäckaufbewahrung daselbst. Sind Sie ein gefährdeter junger Mann, nein er sagte: junger Mensch im Urlaub? Nein, ich bin arbeitslos. Warum? Wegen des ersten Fünfjahrplans. Und was haben Sie in der anderen Hosentasche?

Darin hatte ich Bertolt Brechts Gedichte und Lieder und eine Einbahnstrasse und den Ball des Comte d'Orgel und ein Glasperlenspiel*. – Ach, Hesse: sagte der Mann im grünen Kittel, der mit seiner unterirdischen Gesichtsfarbe. Ich meinte ja auch.

Alles in allem bin ich gewürdigt worden erheblicher Wertschätzung und einigen Wohlwollens. Indem ich mich gehalten habe nicht an die Institutionen sondern an die Menschen und was [sie, E. F.] sich bereiten, wegen der Art in der dies gesehen und vorgestellt wird, zuversichtlicher Erwartung halber. Das wird sich nicht sofort auswirken (obwohl das diesseitige Lebensverhältnis in schädliche Kritik hineindränge) in Ansehung des Herbstprogramms und in Erwägung eines noch zu bedenkenden Einwandes und Mangels.

Dies ist der Mangel an Welt. Er sei nicht zu verstehen in einem Gegensatz von Provinz und Metropole, eher als Enge des Lebensbewusstseins. Vielleicht auch sei solche Weite der europäischen Literatur nicht mehr erreichbar seit einigen Jahrzehnten. Immerhin sei fraglich ob jenseits nicht allzu mächtige Schwierigkeiten von Welt und nach dem Stil mich überfordern. Und es seien viele nach Madrid gefahren und nach Kairo, und sie seien wiedergekommen, und nichts sei gewesen. Allerdings sei »Welt« in der Englisch-Stunde und gelegentlich beim Segeln mitenthalten. Die Verbindung werde zuversichtlich wirksam erhalten, bei einem Besuch im Herbst werde man deutlicher sehen.

An dieser Kritik bleibt mir nichts anzuerkennen. So ist es. Es wäre zu erklären mit der Borniertheit des Ost/West-Konfliktes, mit den Versuchungen der direkten Kritik und anderen Einflüssen

* Anspielung auf die Titel der Bücher, die Peter Suhrkamp ihm geschenkt hatte.

unverändert diesseitigen Lebens. Ich hoffe es wird anders, ich kann die Anfänge mit meinem heutigen Ausmass nicht mutlos vergleichen. (Denn irgend vorzügliche Literatur ohne Welt in sich will ich wissentlich nicht vorbringen.) Ich glaube dass ich leben werde (so lange es mir Spass macht), das wird wohl zu sehen sein.

Sehr geehrter Herr Professor. Ich hoffe dass Sie noch in dem Kombinat für Erholung H H H wohnen (das nach dem bekannten Autor der »Harzreise« benannt ist) und dass Sie sich dort so wohl befinden wie Sie voraussahen. Ich unterschreibe mich mit dankbaren Grüssen und Empfehlungen als

Ihr ergebener
Uwe Johnson

30./31. Juli: Parchim postlagernd
5. August: Malchow postlagernd
15. August: Wesenberg postlagernd

Veröffentlicht in: Buchhandlung Elwert und Meurer (Hg.), *Die Begegnung. Autor – Verleger – Buchhändler – Leser*, Berlin 1965/66, S. 59–63. Auf dem Typoskript im Nachlaß ist neben einigen wenigen Korrekturen, die in den gedruckten Text aufgenommen wurden, handschriftlich vermerkt: »1965?«

Erläuterungen zu *Brief an Walser*

Martin Walser, geboren am 24. März 1927 in Wasserburg am Bodensee, wo er auch aufwächst. Er besucht die Oberschule in Lindau und legt dort, nach einer Unterbrechung durch Kriegsdienst als Flakhelfer, 1946 sein Abitur ab. Von 1946 bis 1951 studiert Martin Walser Literaturwissenschaft, Geschichte und Philosophie zunächst an der Theologisch-Philosophischen Hochschule in Regensburg, dann an der Universität Tübingen und beendet sein Studium als Dr. phil. mit einer Dissertation *Versuch über die epische Dichtung Franz Kafkas. Beschreibung einer Form* bei Friedrich Beissner. Von 1949 bis 1957 arbeitet er beim Süddeutschen Rundfunk. 1957 zieht er als »freier« Schriftsteller von Stuttgart wieder zurück an den Bodensee, wo er bis heute lebt.

Die Geschichte von Anselm Kristlein hat Martin Walser in den drei Romanen *Halbzeit* (1960), *Das Einhorn* (1966) und *Der Sturz* (1973) erzählt. Anselm Kristlein findet sich zugleich als Person in *Jahrestage. Aus dem Leben von Gesine Cresspahl* wieder.

Veröffentlicht in: Peter Härtling (Hg.), *Leporello fällt aus der Rolle. Zeitgenössische Autoren erzählen das Leben von Figuren der Weltliteratur weiter*, Frankfurt am Main 1971, S. 216–217.

Erläuterungen zu *Einer meiner Lehrer*

Hans Mayer, Schriftsteller und Professor, am 19. März 1907 in Köln geboren, wird 1930 nach einem Studium der Rechtswissenschaft in Köln mit einer Dissertation über die Staatsauffassung Rudolf Smends zum Dr. jur. promoviert. 1932 schließt sich Mayer, der bis dahin Mitglied der Sozialistischen Arbeiterpartei war, der Kommunistischen Partei (Opposition) Heinrich Brandlers an. Im Frühjahr 1933 wird dem Juden Hans Mayer unmittelbar nach erfolgreich bestandenem Zweitem Staatsexamen die Entlassungsurkunde aus dem preußischen Justizdienst zugestellt. Er muß das nationalsozialistische Deutschland verlassen und lebt in Frankreich und der Schweiz bis zum Ende des Zweiten Weltkriegs. Von 1946 bis 1947 arbeitet Hans Mayer zunächst als Chefredakteur bei Radio Frankfurt und übernimmt dann von 1948 bis 1963 eine Professur für Geschichte der Nationalliteraturen, später für Neueste Deutsche Literaturgeschichte an der Universität von Leipzig. Im Juli 1963 verläßt er die DDR, um von 1965 bis zu seiner Emeritierung 1973 als Professor für Deutsche Literatur und Sprache an der Technischen Universität von Hannover zu lehren. 1964 wird er zum ordentlichen Mitglied der Akademie der Künste, Berlin, gewählt. Seit seiner Emeritierung lebt Hans Mayer in Tübingen.

Theodor Frings (geb. am 23. 7. 1886, gest. am 6. 6. 1968 in Leipzig), Professor für Deutsche Sprache und Literatur, folgt 1927 einem Ruf an die Universität Leipzig, wo er bis zu seiner Emeritierung im Jahre 1957 wirkt. Im Mittelpunkt seiner wissenschaftlichen Arbeit stehen die kulturgeographische Sprachbetrachtung, die allgemeine Linguistik sowie editorische und literaturgeschichtliche Probleme der mittelalterlichen deutschen Literatur.

Hermann August Korff (geb. am 3. 4. 1882, gest. am 11. 7. 1963 in Leipzig), Professor für Deutsche Literaturgeschichte, folgt 1925 einem Ruf als Ordinarius nach Leipzig. Er erforscht im wesentlichen die Ideen- und Problemgeschichte der deutschen Klassik. Seine Lebensarbeit ist geprägt durch das vierbändige Werk *Geist der Goethezeit*, an dem er von 1923 bis 1957 schreibt und das er in seinen Seminaren immer wieder thematisiert.

Wilhelm Emrich (geb. am 29. 11. 1909) lehrt seit 1956 als ordentlicher Professor für Neuere Deutsche Literaturgeschichte an der Freien Universität von Berlin. Mit dem Epitheton »Fachmann für Entfremdung« spielt Hans Mayer offenbar auf Emrichs Buch über Franz Kafka an, das 1958 zum erstenmal erschienen war.

»Unser verehrter Alterspräsident«: 1956 hatte Hans Mayer unter dem Titel *Erinnerung an Wilhelm Pieck* einen Beitrag zur Festschrift *Wilhelm Pieck zum 80. Geburtstag*, Berlin 1956, geschrieben. Wilhelm Pieck (geb. am 3. 1. 1876, gest. am 7. 9. 1960) war vom 11. Oktober 1949 bis zu seinem Tode Präsident der Deutschen Demokratischen Republik.

»Guten Tag, ich bin der Prinz von Theben.« Prinz von Theben nannte sich die expressionistische Dichterin Else Lasker-Schüler (geb. am 11. 2. 1869 in Wuppertal-Elberfeld, gest. am 22. 1. 1945 in Jerusalem). Ihr Geschichtenbuch *Der Prinz von Theben* war 1914 in Leipzig im Verlag der weißen Bücher (mit drei Bildern von Franz Marc) erschienen.

»Über die literarische Opulenz«: im Spätherbst 1956 hatte Hans Mayer eine Rundfunkrede *Zur Gegenwartslage unserer Literatur* im Kontext kulturpolitischer Auseinandersetzungen geschrieben, die nach dem XX. Parteitag der KPdSU auch in der DDR geführt wurden. Die Rede sollte am 28. November gesendet werden, eine Bandaufnahme lag auch bereits vor, doch der Intendant des Senders, Hermann Ley, verbot die Sendung. Gleichwohl wurde die Rede noch am 2. Dezember in der kulturpolitischen Wochenzeitung *Der Sonntag* vollständig abgedruckt.

»Es war darin die Rede vom Positiven, das Erich Kästner schon damals nicht gefunden habe.« Hans Mayer hatte sich voller Ironie zu Anfang seiner Rundfunkrede auf folgende Verse von Erich Kästner aus dem Jahre 1930 bezogen:

Und immer wieder schickt ihr mir Briefe,
in denen ihr dick unterstrichen schreibt:
»Herr Kästner, wo bleibt das Positive?«
Ja, weiß der Teufel, wo das bleibt.

(Vgl. Hans Mayer, *Zur Gegenwartslage unserer Literatur*, in Hans Mayer, *Zur deutschen Literatur der Zeit. Zusammenhänge, Schriftsteller, Bücher*, Reinbek 1967, S. 365–373.)

Uwe Johnson war dem Lehrer Hans Mayer, wie dieser im zweiten Band seiner Erinnerungen, *Ein Deutscher auf Widerruf*, schildert, während eines Seminars über Texte der europäischen Literaturen im 17. Jahrhundert aufgefallen. Er hatte dort eine Seminararbeit über den Engländer Thomas Otway übernommen, dessen Schauspiel *Venice Preserved* zu Beginn dieses Jahrhunderts von Hugo von Hofmannsthal übersetzt und bearbeitet worden war. In den Erinnerungen ist zu lesen: »Er [U. J.] las sehr gut vor, ausgezeichneter englischer Akzent beim Vortrag der Zitate aus Otway, reines Norddeutsch, ganz und gar kein Sachse also; er hatte gründlich gearbeitet. Alles paßte zueinander: eine klare Schreibweise, kluge, bisweilen boshafte Bewertungen des Otway, wie vor allem auch des Hofmannsthal. Auf irgendwelchen geistesgeschichtlichen Idealismus hatte sich dieser stud. phil. nicht eingelassen.« Ein anderer Zeuge jener Leipziger Jahre, ein Mitstudent, der später zunächst wissenschaftlicher Assistent des Romanisten Werner Krauss und dann »freier« Schriftsteller wurde, Fritz Rudolf Fries, faßt seine Erinnerung an Uwe Johnson und sein Auftreten in Seminarsitzungen im Gespräch mit Friedrich Albrecht (*Weimarer Beiträge*, 25. Jg. 1979, H. 3, S. 52) so zusammen:

»Johnson, der pfeiferauchend durch die Leipziger Innenstadt spaziert und sich alles ansieht wie ein zweiter Gulliver, verwundert, aber ein wenig geht ihn das alles nur auf seine Weise an. Johnson, der im Seminar mit behutsamer Rede verdecken möchte, daß er das schon alles weiß, aber in seiner norddeutschen Höflichkeit möchte er keinem weh tun. Ich habe in seinen Büchern nie etwas mit den Dialogen anfangen können, wie in den Nebeln Ossians wird da etwas ausgesprochen, das mir seltsam gegenstandslos erscheint, man hört die Stimmen und sieht den Redenden nicht. Ich sag das, weil mein erster Roman auch eine Entgegnung auf Johnsons *Mutmassungen über Jakob* sein könnte, vor allem in dem, was sich meine Figuren Arlecq und Paasch zu sagen haben – sehr viel Nonsens, wie ich zugebe, aber gerade da wurden sie, für mich zumindest, faßbar.«

Als Hans Mayer seine Wohnung in der Leipziger Tschaikowskistraße am 27. Juli 1963 endgültig verließ, um den gleichen Weg zu gehen, den vor ihm bereits Ernst Bloch nach Tübingen eingeschlagen hatte, mußte er sich von einem besonders geliebten »Barocksessel« trennen, das Möbelstück war indessen bereits ein Stück Literatur geworden; Uwe Johnson hat es im *Dritten Buch über Achim* beschrieben.

Veröffentlicht in: Walter Jens/Fritz J. Raddatz (Hg.), *Hans Mayer zum 60. Geburtstag*, Reinbek 1967, S. 118–126.

Das achtseitige Typoskript im Nachlaß ist offensichtlich auf einer Schreibmaschine ohne Umlaute – Uwe Johnson befand sich zu dieser Zeit in New York – geschrieben worden. Handschriftlich ist über der Überschrift die Jahreszahl 1967 hinzugefügt. Außerdem ist ein sechsseitiger Entwurf mit zahllosen handschriftlichen Korrekturen erhalten.

Erläuterungen zu »*Gewiss, es ist ihm eine Sache schief gegangen in Westberlin*«

Witold Gombrowicz, Schriftsteller, geboren am 4. August 1904 auf der Domäne Maloszyce in Polen (200 Kilometer südlich von Warschau), kommt nach einem mehr als 23 Jahre währenden Aufenthalt in Argentinien auf Einladung der Ford Foundation am 16. Mai 1963 für ein Jahr nach West-Berlin. Zwei Monate verbringt er im darauffolgenden Jahr wegen einer schweren Asthma-Erkrankung in einer Berliner Klinik. Danach lebt er zunächst in Paris, später in Vence/Frankreich; dort stirbt er am 24. Juli 1969.

(Monsieur) Dominique de Roux gab 1970 gemeinsam mit Constantin Jelenski eine Sondernummer der *Cahier de l'Herne* (Paris) heraus, die ausschließlich dem Leben und Werk von Witold Gombrowicz gewidmet war. Uwe Johnson wurde um einen Beitrag zu diesem Band gebeten. In einem Brief des Herausgebers vom 12. Februar 1970 heißt es:

»Ingeborg Bachmann has told us that Gombrowicz was completely isolated while he stayed in Berlin with the Ford Foundation that nobody spoke to him. Why? What has happened in this time?«

Darauf bezieht sich Uwe Johnson zu Beginn seines Briefes. In *Die Tagebücher* von Witold Gombrowicz ist zu lesen:

»Triumph von Günter Grass, sein letzter Roman nähert sich zweihunderttausend verkauften Exemplaren. Humor von Grass: man nahm es ihm übel, daß er auf Bällen im Sportanzug erschien; angesichts dessen ließ er sich einen ungeheuer violetten Smoking machen und gibt so den Diners und Nachmittags-Tees den rechten Chic. Ein anderes Merkmal Grass'schen Humors: Philosophie goutiert er nicht besonders; dieses wissend, lenkte ich eine Diskussion mit ihm auf philosophische Gebiete. Darauf Grass, höflich vorgebeugt, subtil, diskret: – Entschuldigen Sie, aber meine Schwester, hier anwesend, bekommt einen nervösen Husten, wenn man mehr als sechs Philosophen auf einmal erwähnt. Mit ihnen dreien – Grass, Johnson, Weiss – kam ich von Zeit zu Zeit zusammen, aber diese Zusammenkünfte verliefen im Sande, sei es durch Schwierigkeiten linguistischer Natur, sei es durch die Anwesenheit dritter Personen. Viele Male sagte ich mir, ich muß mich mit Weiss aussprechen, ich muß von ihm erfahren, er wird mir sagen...

Was Uwe Johnson betrifft, so war das Norden. Ein so nordischer Nordländer, daß ich nicht ein-, nicht zweimal beschloß, man müsse dennoch unbedingt ein Gespräch führen, das mehr... Nichts wurde daraus. Wir waren hermetisch, sie für mich, ich für sie, im vorhinein war bekannt: nichts, absolut nichts, und das Beste, was man machen könnte, wäre, daß einer den anderen in Ruhe ließe. Ein wenig wie Pferde, die auf einer Wiese weiden. Aber auch wie eroberungssüchtige Wesen, im Zustand der Expansion, bereit einander bei erster Gelegenheit zu fressen. Einmal stieß Uwe Johnson zufällig auf mich in einem kleinen Restaurant gegenüber der Akademie der Künste. Er trat heran, und in nordischer Verschämtheit murmelte er etwas, was, wie ich erriet, ein Kompliment bezüglich der frisch in Deutsch erschienenen *Pornografia* war. Ich schämte mich seiner Verschämtheit, stammelte irgend etwas hervor, und das Gespräch gelangte auf zwischen uns übliche Themen, also auf Tabakpfeifen, Knöpfe und Aufschläge von Jacken.« (Witold Gombrowicz, *Die Tagebücher* (in drei Bänden), Pfullingen 1970, 3. Band, S. 162–163.)

Französische Version veröffentlich in: de Roux/Jelenski (Hg.), *Gombrowicz*, L'Herne (Paris), 1970, S. 328/329. Die deutsche Fassung wird hier zum erstenmal veröffentlicht. Im Nachlaß sind zwei Fassungen erhalten: die erste, vom 15. Februar datiert, enthält eine Reihe handschriftlicher Korrekturen, die in die zweite Fassung vom 16. Februar 1970 eingearbeitet worden sind.

Erläuterungen zu *An den Merkur*

Margret Boveri, Publizistin, geboren am 14. August 1900 in Würzburg, legt nach ihrem Studium der Germanistik, Anglistik und Geschichte und nach dem Referendariat 1925 in Würzburg das zweite Staatsexamen in den Fächern Deutsch und Englisch ab. Noch im gleichen Jahr nimmt sie das Studium der Geschichtswissenschaft an der Universität München bei Hermann Oncken und Paul Joachimsen auf. Nach ihrer Übersiedlung nach Berlin im Oktober 1929 studiert sie zusätzlich an der Hochschule für Politik und beginnt mit ihrer Doktorarbeit bei Hermann Oncken. 1932 wird sie in Geschichte und Anglistik mit einer Arbeit über *Sir Edward Grey und das Foreign Office* promoviert. Nachdem sie bereits erste journalistische Erfahrungen durch Mitarbeit an verschiedenen Zeitschriften gesammelt hat, arbeitet sie ab Juli 1934 unter ihrem Lehrer Paul Scheffer am *Berliner Tageblatt*. 1937 muß Paul Scheffer die Redaktion des *Berliner Tageblatts* verlassen und geht als Korrespondent verschiedener Zeitschriften in die Vereinigten Staaten. Am 1. April des gleichen Jahres kündigt auch Margret Boveri ihre Stelle. Nach einer Orientreise über die sie in der *Frankfurter Zeitung* berichtet, wird sie ab Mai 1939 Korrespondentin dieser Zeitung in Stockholm und – nach einer Reise mit der transsibirischen Eisenbahn – ab Oktober 1939 in New York. 1941 wird sie als »Angehörige eines feindlichen Staates« interniert und 1942 nach Europa transportiert. Als Korrespondentin für amerikanische und englische Angelegenheiten berichtet sie danach für ihre Zeitung aus Lissabon. Am 31. August 1943 wird die *Frankfurter Zeitung* verboten.

Nach dem Krieg nimmt Margret Boveri ihre Tätigkeit als Publizistin durch freie Mitarbeit an verschiedenen Zeitungen und Zeitschriften wieder auf, zunächst für den *Kurier* in

Berlin, später für die *Badische Zeitung* in Freiburg. Seit der Gründung des *Merkur* im Jahre 1947 veröffentlicht sie dort ihre wichtigeren Aufsätze. Nach dem Neuanfang der *Frankfurter Allgemeinen Zeitung* im November 1949 nimmt sie ihre langjährige Tätigkeit als freie Mitarbeiterin dieser Zeitung auf. Zwischen 1956 und 1960 erscheint ihr opus magnum *Der Verrat im XX. Jahrhundert* in vier Bänden; 1965 ihre Dokumentation *Wir lügen alle. Eine Hauptstadtzeitung unter Hitler* und 1968 ihr Bericht über die Zeit vom Februar bis zum September 1945 in Deutschlands alter Hauptstadt *Tage des Überlebens*. Am 6. Juli 1975 stirbt Margret Boveri in Berlin.

Posthum hat Uwe Johnson 1977 ihre Autobiographie *Verzweigungen* herausgegeben und mit einem Nachwort versehen.

Als Uwe Johnson zum erstenmal, am 18. Dezember 1968, Margret Boveri besuchte, kam er als »jemand, der bemühte sich für einen Roman um Ereignisse, die vorgefallen waren, lange bevor er sie sehen oder begreifen konnte. Den Umgang mit der Zeitgeschichte aber hatte Frau Boveri in ihrem Buch *Wir lügen alle* vorgeführt in einer Weise, von der ich offenbar etwas lernen wollte. Es war eine Einladung zum Tee, mit Höfener Bauernbrot und hausgemachtem Quark, das Gespräch mag also angefangen haben bei Frau Boveris Tätigkeit am *Berliner Tageblatt* im Jahre 1934 und weitergegangen sein bis zu einem auffälligen Juni. Es wurde aber beobachtet von Katzen, die waren die Herrscher in diesem Haushalt, und ich wußte etwas ungemein Lügenhaftes zu erzählen von einem Internationalen Katzenvertrag (Sitz: Lissabon, Presse: Cats Daily). Vielleicht wurde ich deswegen zum Wiederkommen aufgefordert, oder wir sind an diesem Abend nicht zu Rande gekommen mit den Tücken der Zeitgeschichte. Geworden ist daraus eine Freundschaft, in die recht bald meine Frau und meine Tochter hineingeholt wurden, mit Besuch im Garten, gemeinsamem Gang ins Kino, Berichten von Reisen, wechselseitigen Kommentaren zur jeweiligen Arbeit und einem frotzelnden Ton bei den verabredeten Streitpunkten: das Land Bayern, die Vereinigten Staaten, Vorzugsmilch der Domäne Dahlem für Katzen.« (Uwe Johnson im *Nachwort* zu Margret Boveri, *Verzweigungen. Eine Autobiographie*, München/Zürich 1977, S. 351.)

»(...) aus Häusern kommend, auf Häuser aus / lebt schließlich in einer Baracke«: 1951 hatte Margret Boveri eine Wehrmachtsbaracke erworben und auf ihrem Grundstück in Berlin-Dahlem, Im schwarzen Grund 18, aufrichten lassen. Unter dem Titel *16 Fenster und 8 Türen. Eine dynamisch-horoskopische Bauchronik* hat Margret Boveri die Geschichte ihres Bauwerks 1953 beschrieben.

Veröffentlicht in *Merkur*, Bd. 24, 1970, Nr. 268, S. 794.

Der zweite Text über Margret Boveri wurde unter dem Titel *Besuch im Krankenhaus. Erinnerung an Margret Boveri* in *Die Zeit*, Nr. 34 vom 15. August 1975, S. 32 veröffentlicht.

Erläuterungen zu *Dead Author's Identity In Doubt; Publishers Defiant*

Uwe Johnson hat 1970 diesen fiktiven Nachruf zu Lebzeiten veröffentlicht. Um diese Jahreszahl hat der Herausgeber das angegebene Datum ergänzt, denn der Bericht ist, so will es die Fiktion, an einem »25. August – –«, ohne daß eine Jahreszahl genannt wäre, von einem »Sonderkorrespondenten für die *New York Times*« geschrieben worden. (Zur biographischen Notiz über Uwe Johnson sei auf die Zeittafel am Ende des Bandes verwiesen.)

Den eigenen Nachruf zu Lebzeiten hatte Uwe Johnson 1969 auf englisch geschrieben, weil er sich damals, wie er A. Leslie Willson 1982 in einem Gespräch versicherte, so in den Stil der *New York Times* hineinversetzt hatte, daß er sich außerstande fühlte, den Text ins Deutsche zu übertragen.

Das vorangestellte Motto spielt auf ein Gedicht von Wystan H. Auden an (1907–1973); es ist seinem Gedicht *Prologue at Sixty* entnommen, dort heißt es:

> (...) Who am I now?
> An American? No, a New Yorker,
> who opens his *Times* at the obit page,
>
> whose dream images date him already,
> awake among lasers, electric brains,
> do-it-yourself sex manuals,
> bugged phones, sophisticated
> weapon-systems and sick jokes. (...)

(Zitiert nach: Wystan Hugh Auden, *Poems – Gedichte, englisch und deutsch*, München 1976, S. 154.)

»There ist also a ›Contribution to the Jargon of Upper Riverside Drive, with Notes on the Phonetic System‹.« Das ist eine Anspielung auf Uwe Johnsons 1968 entstandenen

Beitrag *Ein Teil von New York*, der im darauffolgenden Jahr in der *Neuen Rundschau* (Bd. 20, 1969, H. 2, S. 261–274) veröffentlicht wurde.

Die Initialen J. U., unter denen eine Reihe von Gedichten in »Little Magazines« veröffentlicht wurde, die dem »Autor U. J.« zuzuschreiben ist, verweisen auf den 1932 geborenen (Johnson ist Jahrgang 1934) amerikanischen Schriftsteller *J*ohn *U*pdike. Zu Beginn seiner Karriere (1957–1959) arbeitete er als Journalist für die Zeitschrift *The New Yorker* und wohnte mit seiner Frau und einer kleinen Tochter auch im Riverside Drive. Sein in *Harper's Magazine* (1958) erschienenes Gedicht *Die Neuen Heiligen* hatte Uwe Johnson Ende 1969 ins Deutsche übersetzt:

(Das Original:)

Die Neuen Heiligen

Kierkegaard, a
cripple and a Dane,
disdained to marry;
the consequent strain
unsprung the whirling
gay knives of his wits,
which slashed the Ideal
and himself to bits.

Kafka, a lawyer
and citizen of Prague,
became consumptive
in the metaphysic fog
and, coughing with laughter,
lampooned the sad state
that judged its defendants
all guilty of Fate.

Karl Barth, more healthy,
and married, and Swiss,
lived longer, yet took,

small comfort, from this;
Nein! he cried, rooting
in utter despair
the Credo that Culture
left up in the air.

(Die Übersetzung:)

I Nuovi Santi

Kierkegaard, Däne, mißgebildet,
versagte sich der Ehe.
Das hielt er aber nicht aus,
und all die munteren
Wirbelmesser in seinem Kopf
wurden wild und
hackten erst das IDEAL
dann ihn selbst in Stücke.

Kafka, ein Rechtsbeistand,
Bürger von Prag,
zog sich Schwindsucht zu
im metaphysischen Nebel.
Hustend vor Lachen veralberte er
die erbärmliche Lage,
in der die Angeklagten allesamt
des SCHICKSALS schuldig waren.

Karl Barth, robuster, beweibt,
Schweizer obendrein,
langlebig und doch nicht vergnügt,
schrie NEIN!
Nicht in der Schwebe,
wo die Kultur es beließ,
in Verzweiflung verwurzelt
war ihm das CREDO erschienen.

(Veröffentlicht in: *Wege und Gestalten*, Dr. Karl Thomae GmbH, chemisch-pharmazeutische Fabrik, Biberach an der Riß, zum Jahreswechsel 1969/70.)

Dead Author's Identity in Doubt wurde veröffentlicht in Karl Heinz Kramberg (Hg.), *Vorletzte Worte. Schriftsteller schreiben ihren eigenen Nachruf*, Frankfurt am Main 1970, S. 116–124 (Übersetzung S. 283–288).

Erläuterungen zu
Beisetzung Giangiacomo Feltrinelli

Giangiacomo Feltrinelli, Verleger, wird am 19. Juni 1926 in Mailand geboren, kommt am 14. März 1972 anscheinend bei dem Versuch, einen Hochspannungsmast bei Segrate in der Nähe von Mailand zu sprengen, unter bis heute nicht geklärten Umständen ums Leben. Der italienische Verleger, Erbe und Besitzer bedeutender Handelsfirmen, gründet 1949, in den Räumen der ehemaligen Feltrinellischen Privatbank, einem Palazzo in Mailand, das *Istituto Feltrinelli.* Es ist neben dem Amsterdamer *Internationaal Instituut voor Sociale Geschiedenis* das bedeutendste Forschungszentrum der westlichen Welt zur Geschichte der Arbeiterbewegung geworden. 1954 gründet er das Verlagshaus G. Feltrinelli Editore, das durch die Erstveröffentlichung der Romane *Dr. Schiwago* von Boris Pasternak (1957) und *Der Leopard* von G. Tomasi di Lampedusa (1959) schnell weltberühmt wird. Feltrinelli sympathisiert mit den Befreiungsbewegungen Lateinamerikas und den studentischen Protestbewegungen. Seit 1969 lebt er im Untergrund; der Verlag wird von seiner Frau Inge Feltrinelli weitergeführt, die ihn bis heute leitet. Im Mai 1970 erscheint in der *Sunday Times* der letzte von Giangiacomo Feltrinelli veröffentlichte Artikel, in dem er sich heftig gegen die Vorwürfe, er sei anarchistisch tätig, zur Wehr setzt.

Uwe Johnson hatte das Manuskript des hier wiedergegebenen Artikels zunächst über Fritz J. Raddatz der Redaktion der *Zeit* angeboten. Als das Angebot den zuständigen Ressortleiter, Rudolf Walter Leonhardt, erreichte, war die Nummer, die unter dem Datum vom 7. April 1972 erscheinen sollte, redaktionell gerade abgeschlossen worden. Am 11. April 1972 hat Uwe Johnson dann der Zeitschrift *Kür-*

biskern den Text angeboten. Friedrich Hitzer teilte im Namen der Redaktion am 5. Juni 1972 mit, daß das Manuskript für das Juni-Heft (3/72) der in München erscheinenden Zeitschrift in Satz gegangen sei.

Der »westberliner Verleger«, der am Grab von Giangiacomo Feltrinelli sprach, war Klaus Wagenbach. Der Redner, der zum erstenmal, »seit er mit dem Tode Che Guevaras zu tun hatte«, wieder in der Öffentlichkeit nach seiner Kerkerhaft in Bolivien auftrat, war Régis Debray. 1967 fuhr er zur Berichterstattung über die Guerilla-Bewegung nach Südamerika und schloß sich dort Che Guevara an. Er wurde gefangen genommen und zu 30 Jahren Haft verurteilt, schießlich aber auf Druck der Weltöffentlichkeit freigelassen. Mehrere Jahre gehörte er dann zum außenpolitischen Mitarbeiterstab des französischen Staatspräsidenten Mitterand. Heute lebt Régis Debray als Publizist in Paris.

»Onorevole« ist die offizielle Anrede eines Mitglieds des italienischen Parlaments. Die Abgeordnete der KPI, die zugleich als Autorin des Verlags am Grabe von Feltrinelli sprach, war Maria-Antonietta Macciocchi. Sie arbeitete seit 1962 als Korrespondentin von *L'Unita* in Paris, verließ 1968 zunächst Frankreich, um den Wahlkampf für die KPI in Neapel zu führen, zerstritt sich während ihrer Zeit als Abgeordnete zwischen 1971 bis 1973 sowohl mit der Führung der KPI als auch mit der der KPF. Sie hat eine Reihe von Büchern über Frankreich, China, Gramsci, Pasolini und weitere Themen veröffentlicht. Auf deutsch liegt von ihr vor *Der französische Maulwurf. Eine politische Reise*, Berlin, 1979.

1961 waren die *Mutmassungen über Jakob* in der Übersetzung von Enrico Filippini im Verlag von Giangiacomo Feltrinelli unter dem Titel *Congetture su Jakob* erschienen. Der italienische Verleger hatte seinen Autor am 10. November, dem Tag, an dem der Verlag das Buch herausbrachte, zu einer Pressekonferenz und zu einem Podiumsgespräch nach Mailand eingeladen.

Veröffentlicht in *Kürbiskern* 1972, Heft 3, S. 367–371.

Erläuterungen zu *Einatmen und hinterlegen*

Günter Eich, geboren am 1. Februar 1907 in Lebus an der Oder, aufgewachsen in der Mark Brandenburg, legt sein Abitur in Leipzig ab. Von 1925 bis 1930 studiert er Rechtswissenschaft und Sinologie an den Universitäten von Leipzig, Berlin und Paris. Von 1930 bis 1932 besucht er eine Handelsakademie; danach lebt er als »freier« Schriftsteller in Berlin und Dresden. 1939 wird er als Soldat zum Kriegsdienst eingezogen und gerät gegen Kriegsende in amerikanische Gefangenschaft. Seit 1946 lebt Günter Eich als Schriftsteller bei Landshut und in Lenggries in Oberbayern; seit 1953 ist er mit Ilse Aichinger verheiratet. Zuletzt wohnt die Familie in Bayrisch Gmain. Am 20. Dezember 1972 stirbt Günter Eich nach längerer Krankheit und mehreren Krankenhausaufenthalten in Salzburg. Feuerbestattung am 22. Dezember 1972.

Mit dem Titel *Einatmen und hinterlegen* spielt Uwe Johnson auf einen *Maulwurf* von Günter Eich an, der 1970 in der Sammlung *Ein Tibeter in meinem Büro* unter dem Titel *Exkurs über die Milz* erschienen und Uwe Johnson gewidmet ist.

»*Exkurs über die Milz*

Halten wir die Milz in Reserve! Wenn wir zum Beispiel der Zeit auf die Sprünge kommen, kann das die Milz übernehmen. Da hat sie zu tun ohne sich zu überanstrengen. Aber wie ich die Milz kenne, wird sie wieder alles den Geisteswissenschaften überlassen wollen und das gibt Ärger.

Die Milz ist ein faules Organ. Komm, alte Milz, sag mir, was ich am Eschersheimer Tor gesagt habe. Das Eschersheimer Tor habe ich nicht aufgenommen, es steht außerhalb meines Lebens. Gewiß gibt es Punkte auf der Welt, die ich milzähnlich verwende, ich weise ihnen Funktionen zu, sie übernehmen mein Gedächtnis, so habe ich mich auf vier Kontinenten eingerichtet, muß fleißig herumfahren, um alles beisammen zu haben. Aber das Eschersheimer Tor? Ich weiß nicht einmal, ob es nicht Turm heißt.

Was sagte ich am Eschersheimer Turm? Ariadnefaden, Leuchtfeuer? Orientierung braucht man nicht nur in Frankfurt. Schon die Oder kann zu Irrtümern verleiten. Ach liebe Milz, erinnere dich an die Oderbuhnen, bring alles durcheinander! Es ist so selten, daß man alles in einem Punkt beisammen hat, in einem zugespitzten Augenblick, der den ganzen Bleistift enthält.

Am Eschersheimer Turm sagte ich was ich immer sage. Aber dort sprach ich es aus, wie man mir sagt. Ich sprach es am Eschersheimer Turm aus wie in Kyoto und Vézelay, – zwei meiner Milzorte. Einmal ausgesprochen ist für immer gesagt, zu meinem Leidwesen. Man möchte manches wieder einatmen und in der Milz hinterlegen, ziemlich tief links außen, man möchte seine bescheidenen Geheimnisse behalten.«

Maulwurf wollte Günter Eich ausdrücklich als Gattungsname einführen, deshalb beharrte er auch auf dem Untertitel *49 Maulwürfe* für die Textsammlung *Ein Tibeter in meinem Büro*. Bereits 1968 hatte er einen ersten Band *Maulwürfe. Prosa* vorgelegt. Diese »Erdaufwerfer« (Heinrich Böll), denen Vater Staat und Mutter Natur zuwider sind, untergraben.

Uwe Johnsons Text *Günter Eich zum Gedenken* ist selbst in der Art eines *Maulwurfs* konzipiert. Melancholisch im Tonfall, spröde in der Diktion werden jene Stilelemente aufgegriffen, wie sie den Texten dieser sonderlichen Gattung Günter Eichs eignen. Die Reihe der einmontierten Zitate beginnt mit der Lexikon-Definition aus dem *Großen Brockhaus*, greift willkürlich ein Urteil aus der Sekundärliteratur über Günter Eich auf (das nur Ratlosigkeit hinterläßt), erinnert an die Aburteilung der *Maulwürfe* durch den Literaturkritiker Marcel Reich-Ranicki (in der *Zeit*, vom 4. 10. 1968), setzt eine Alltagsäußerung Walter Höllerers dagegen und umgreift das Leben eines Lyrikers in Anspielung auf dessen eigene Gedichte. Mit dem »Gedicht aus der

Jugend«, in dem er »die Langeweile« auf ihn warten sah, werden die *Verse an vielen Abenden* heraufbeschworen, die Günter Eich 1930 geschrieben hatte. Und mit dem Hinweis auf die *Stunde vor dem Tod* klingt ein Gedicht an, das in dem Hörspiel *Träume* von 1950 zu finden ist. Dort heißt es:

»IN DER STUNDE X WERDE ICH DENNOCH DENKEN, DASS DIE ERDE SCHÖN WAR.
Ich werde an die Freunde denken, an die Güte, die ein häßliches Gesicht schön macht,
an die Liebe, die die Augen verzaubert.
Ich werde an den Hund denken, meinen Spielgefährten, als ich ein Kind war,
an die blauen Lupinen der Samlandküste während eines Ferienbesuchs,
ich werde noch einmal die langen Schatten der Tannen sehn auf der Bauernschmied-Alm
und mit Emmy Gruber auf den Gederer gehn,
ich werde mich erinnern an die Vogelzüge über dem Fluplatz von Märkisch-Friedland,
an den Geruch des Bierkellers im Gasthaus zum Hirschen, das meinem Großvater gehörte,
an Holunder, Raps und Mohn, flüchtig gesehen von einem Zugfenster aus,
an das Erröten der vierzehnjährigen Gabriela Dembitza,
an die roten und grünen Lichter eines Flugzeugs, das unter dem Sternbild des Cassiopeia dahinflog,
an den Tanz unter den Lampions des Quatorze Juillet,
an den Duft von Obst morgens an den Verkaufsständen vorm Schloß in Celle,
ich werde denken an den Herzschlag der Eidechse, die mich erblickt hat,
und an ein Gedicht im ›Westöstlichen Diwan‹, das mich tröstet.«
(Günter Eich, *Gesammelte Werke I*, Frankfurt am Main 1973, S. 221/222.)

Veröffentlicht in: Siegfried Unseld (Hg.), *Günter Eich zum Gedächtnis*, Frankfurt am Main 1973, S. 74–77.

Im Nachlaß Uwe Johnsons sind zwei Fassungen erhalten, ein erster Entwurf, datiert vom 20. Juni 1973, wurde in Berlin-Friedenau geschrieben. Das Typoskript enthält eine Reihe handschriftlicher Korrekturen, die dann in die Reinschrift übernommen worden sind. Auf dem Typoskript dieser zweiten Fassung ist handschriftlich die Jahreszahl 1973 vermerkt.

Erläuterungen zu »*Du hast mich mitgenommen in viele Gegenden*«

Hans Werner Richter, Schriftsteller und spiritus rector der Gruppe 47, wird am 12. November 1908 in Bansin auf der Insel Usedom geboren. Von 1924 bis 1927 absolviert er eine Buchhandelslehre in Swinemünde, danach arbeitet er bis 1930 als Buchhändler in Berlin. Im Herbst 1930 tritt er in die KPD ein, aus der er 1932 wegen »Trotzkismus« ausgeschlossen wird. Vorübergehend emigriert er nach Paris; 1934 kehrt er nach Deutschland zurück, wo er »in Verbindung mit bürgerlichen Kreisen der Berliner Universität und literarischen Kreisen um Ernst Wiechert versucht«, Widerstand gegen die Nationalsozialisten zu leisten. 1935 arbeitet er wieder als Buchhändler, von 1937 bis 1940 im Verlagsgeschäft. 1940 wird er zum Kriegsdienst eingezogen und gerät Ende 1943 in amerikanische Gefangenschaft. Während dieser Zeit ist Hans Werner Richter Mitarbeiter an der *Zeitschrift deutscher Kriegsgefangener in den USA*. Ab Oktober 1946 ist er neben Alfred Andersch Herausgeber der Zeitschrift *Der Ruf*. Nach dem Scheitern dieser Zeitschrift wegen »unzulässiger Kritik« an den Besatzungsmächten entwickelt er 1947 den Plan einer literarisch-satirischen Zeitschrift *Der Skorpion*, für die keine Lizenz erteilt wird. Aus dem eher freundschaftlichen Treffen der Mitarbeiter an diesem Projekt, entsteht die Gruppe 47, die Hans Werner Richter von der ersten (im April 1948 in Jugenheim an der Bergstraße) bis zur letzten Tagung in Princeton 1966 einlädt und leitet. Seit 1962 hat Hans Werner Richter einen zweiten Wohnsitz in Berlin. Dort richtet er in Zusammenarbeit mit dem Sender Freies Berlin und dem Literarischen Colloquium einen »literarisch-politischen Salon« ein. Hans Werner Richter lebt seit 1975 wieder in München.

Zum erstenmal wurde Uwe Johnson als Gast der Gruppe 47 von Hans Werner Richter zur 21. Tagung vom 23. bis 25. Oktober 1959 im Schloß Elmau bei Mittenwald in Oberbayern eingeladen. Seinen ersten Auftritt vor der Gruppe 47 hatte er im darauffolgenden Jahr. Auf der 22. Tagung vom 4. bis 6. November 1960 las er im Rathaus von Aschaffenburg Ausschnitte aus *Beschreibung einer Beschreibung* vor. Aus dem Arbeitstitel wurde später bei der Publikation 1961 *Das dritte Buch über Achim*.

Der Glückwunsch zum 65. Geburtstag war Uwe Johnsons Beitrag zu einer »Glückwunschkollektion«, die vom Hoffmann und Campe Verlag initiiert wurde. Das »ansehnliche Konvolut« überreichte seinerzeit Albrecht Knaus Hans Werner Richter. Uwe Johnson hat anläßlich dieser Gelegenheit sein »Garn gesponnen«; weder hatte er gemeinsam mit H. W. Richter Leningrad, noch hatten sie miteinander Moskau besucht. Im August 1963 weilte Hans Werner Richter hingegen zusammen mit Hans Magnus Enzensberger auf einem Internationalen Schriftstellerkongreß in Leningrad; die Geschichte mit den »Zähnen« hat H. W. Richter selbst in seinem Erinnerungsbuch *Im Etablissement der Schmetterlinge* (1986) zum Besten gegeben. Mit dem Hinweis auf »Leningrad, wo Einer eine andere Gruppe 47 erfand, als wir kannten«, spielt Uwe Johnson wohl auf die Serapionsbrüder von Petrograd an. Die Gruppe wurde 1921 unter dem von E. T. A. Hoffmann entlehnten Namen gegründet und trat für eine experimentierfreudige, neues Material in neuen Formen gestaltende, ideologisch nicht festgelegte Literatur ein.

In Saulgau bei Ulm fand die 25. Tagung der Gruppe vom 25. bis zum 27. Oktober 1973 statt; dort traf man sich später noch einmal, nach dem 70. Geburtstag von Hans Werner Richter, zur »Geburtstagstagung« 1978.

Die *»Erinnerungen an Hans Werner Richter«* wurden veröffentlicht in: Hans A. Neunzig (Hg.), *Hans Werner Richter und die Gruppe 47*, München 1979, S. 209–210.

Erläuterungen zu *Erinnerungen an Titus*

Rolf Szymanski, Bildhauer, am 22. Oktober 1928 in Leipzig geboren, besucht zunächst von 1945 bis 1950 die Bildhauerklasse Alfred Thieles in der Kunstgewerbeschule von Leipzig; von 1950 bis 1955 studiert er als Schüler von Bernhard Heiliger, Richard Scheibe und Paul Dierkes an der Hochschule für Bildende Künste in West-Berlin. 1962 hält er sich als Stipendiat für neun Monate in der Villa Massimo in Rom auf. Während dieser Zeit lernt er auch Uwe Johnson und Tankred Dorst kennen. 1970 wird Rolf Szymanski zum ordentlichen Mitglied der Akademie der Künste, Berlin, gewählt, 1974 zum Direktor der Abteilung Bildende Kunst, und seit 1983 ist er deren Vizepräsident. Er lebt als »freier« Bildhauer in West-Berlin.

Aus der Reihe seiner großen Skulpturen seien exemplarisch genannt: Schwarze Säule, 1961 (vor der Zentrale der Sparkasse der Stadt Berlin); Große Synagoge, 1963 (Wormland München); Figur Ghana, 1964 (Theater am Aegi, Hannover); Die öffentliche Rose, 1969/70 (vor dem Regierungspräsidium Hannover); Die Frauen von Messina, 1969–1974 (Raschplatz Hannover); Schiffs-Leib und Seele, 1975 (Ministerium für Forschung und Technologie, Bonn).

Dieter Brusberg, Herausgeber eines Werkverzeichnisses der Plastiken von Rolf Szymanski, beklagt sich in seinen Notizen *Zum Katalog*, daß Rolf Szymanski nicht nur ein großherziger Freund (»ein verschenkter Guß zählt doch nicht«), sondern auch ein großzügiger Buchhalter seines Werkes gewesen sei. Die meisten seiner Freunde nennen ihn Titus (»amor et deliciae generis humani«). Die Plastik »kleine römische Figur« fand sich im Nachlaß Uwe Johnsons.

Veröffentlicht in: Dieter Brusberg (Hg.), *Rolf Szymanski. Werkverzeichnis der Plastiken 1958 bis 1975*, Hannover, S. 7–10.

Erläuterungen zu *»Mir bleibt nur, ihr zu danken«*

Hannah Arendt, geboren am 14. Oktober 1906 in Linden bei Hannover, wächst in Königsberg/Ostpreußen auf, studiert Philosophie, Theologie und Griechisch in Marburg bei Martin Heidegger und Rudolf K. Bultmann, in Heidelberg und Freiburg bei Karl Jaspers und Edmund Husserl. 1929 wird sie in Heidelberg bei Karl Jaspers mit einer Dissertation *Der Liebesbegriff bei Augustinus* zum Dr. phil. promoviert. Vorübergehend von der Gestapo verhaftet, muß die Jüdin Hannah Arendt 1933 vor den Nationalsozialisten aus Deutschland fliehen. Von 1933 bis 1940 lebt sie in Paris, leitet die Jugendalijah, eine Gruppe junger europäischer Juden, die sich zur Auswanderung nach Palästina und auf das Leben in den Kibbuzim vorbereitet, arbeitet für die Jewish Agency und studiert Geschichte. 1941 wandert sie gemeinsam mit Heinrich Blücher, den sie im Jahr zuvor geheiratet hatte, nach Amerika aus. Nach ihrer Emigration ist sie zunächst für mehrere politische Zeitschriften tätig; so arbeitet sie auch am jüdischen Wochenblatt *Der Aufbau* (1941–1944) mit. Von 1946 bis 1948 ist sie Cheflektorin bei *Schoken Books* und gibt unter anderem Gershom Scholems *Mysticism* und die Briefe Franz Kafkas heraus. 1951 erscheint in New York jenes Werk, das ihre Reputation begründet: *The Origins of Totalitarianism* (deutsch: *Elemente und Ursprünge totaler Herrschaft*). 1958 erhält sie an der Universität von Chicago eine Teilzeitbeschäftigung und 1963 eine Professur. Leidenschaftliche Kritik löst ihr im gleichen Jahr erschienenes Buch über den Eichmann-Prozeß aus, *Eichmann in Jerusalem: A Report on the Banality of Evil*. In diesem Bericht von der Banalität des Bösen hatte Hannah Arendt Eichmann weniger als Ungeheuer, denn als Kleinbürger dargestellt, der in der Maschinerie des nationalsozialistischen Staates als williges

Werkzeug tätig war. Im Grunde war Adolf Eichmann, so Hannah Arendts These, ein Spießbürger, der das von ihm verübte Böse nach bestem Wissen und mit »bestem Gewissen« verübt hatte. Am Beispiel des verfolgten jüdischen Volkes hatte Hannah Arendt darüber hinaus die Frage des Widerstands unter einer Diktatur diskutiert. Die Kontroverse, die sich an ihrem Bericht entzündete, drehte sich nur zum Teil um die Entmystifizierung des Bösen als Banalität; vielmehr stand die Zusammenarbeit der von den Nazis eingesetzten Judenräte, darunter auch die des »Präsidenten der deutschen Juden«, Leo Baeck, mit den politischen Institutionen des Dritten Reiches im Mittelpunkt, obwohl Hannah Arendt ihr nur geringen Platz eingeräumt hatte. 1967 nimmt Hannah Arendt eine Professur an der »New School for Social Research« in New York an und beginnt mit den vorbereitenden Arbeiten an ihrem philosophischen Werk *The Life of the Mind*, das posthum (1978) veröffentlicht wird, ebenso wie ihre *Lectures on Kant's Political Philosophy* (1982). Hannah Arendt stirbt am 4. Dezember 1975 in New York.

Heinrich Blücher wird am 29. Januar 1899 in Berlin geboren. Nach dem Ersten Weltkrieg schließt er sich im November 1918 den Berliner Soldatenräten an. Gemeinsam mit den Spartakisten und als Mitglied der Kommunistischen Partei beteiligt er sich an den Kämpfen und Streiks im Frühjahr 1919. Blücher, der während des Krieges Marx und Engels gelesen hatte, findet im Werk von Leo Trotzki die Ideen, die später im Zentrum seiner eigenen politischen Theorien stehen werden. Befreundet mit einem der Führer der Kommunistischen Partei, Heinrich Brandler, schließt er sich 1928 der von Brandler nach dessen Rückkehr aus dem Exil in Moskau gegründeten Kommunistischen Partei Deutschlands (Opposition) an. Zu dieser Splittergruppe hält er auch noch in Paris Verbindung, obwohl die Freundschaft zu Brandler längst zerbrochen war. In Paris lernt Blücher, der

1934 von Berlin über Prag nach Paris emigrieren muß, Hannah Arendt bei einem Vortrag im Frühjahr 1936 kennen. Während der Zeit des Exils und nach der gemeinsamen Auswanderung mit Hannah Arendt und ihrer Mutter nach Amerika wird Blücher, der sich nur schwer in die neue Sprachwelt einfügen kann, zu einem scharfen Kritiker des doktrinären Marxismus. 1952 erhält Heinrich Blücher eine Professur am Bard College/New York; dort unterrichtet er bis zu seinem Tod am 31. Oktober 1970 in New York.

Am 1. Juni 1966 hatte Uwe Johnson die Arbeit als Lektor in der Schulbuchabteilung von Harcourt Brace & World dank der Vermittlung seiner amerikanischen Verlegerin Helen Wolff aufnehmen können. Das Gespräch mit Hannah Arendt suchte er bereits zu Beginn seines Aufenthalts in New York. Gemeinsam mit Heinrich Blücher wohnte sie am Riverside Drive in unmittelbarer Nachbarschaft der Familie Johnson. Eine erste Einladung Hannah Arendts ist für den 7. Juni 1966, abends, notiert; ein nächstes Treffen, an dem auch Helen Wolff und Heinrich Blücher teilgenommen haben, ist am darauffolgenden Freitagabend, dem 10. Juni, in einem der Terminkalender Uwe Johnsons festgehalten. Daraus hat sich eine Freundschaft entwickelt, die, wie der Briefwechsel Uwe Johnsons mit Hannah Arendt zeigt, auch nach seiner Rückkehr aus Amerika Bestand hatte. Den Wunsch Uwe Johnsons, Hannah Arendt als Laudatorin für die Feier zur Verleihung des Georg-Büchner-Preises 1971 zu gewinnen, konnte sie ihm aber nicht erfüllen.

Ähnlich wie Randell Jarrell in seiner Erzählung *Pictures from an Institution* zwei Personen nach dem Vorbild von Hannah Arendt und Heinrich Blücher gestaltete, hat auch Uwe Johnson in der Person der Gräfin Seydlitz in *Jahrestage. Aus dem Leben von Gesine Cresspahl* einiges von Hannah Arendt »versteckt«, allerdings nicht ohne sie vorher gefragt zu haben.

Der Satz, »den Streit wegen Brecht hatten wir schon 1968«, bezieht sich auf Hannah Arendts Essay über Bertolt Brecht, der in ihrem in jenem Jahr publizierten Buch *Men in Dark Times* wieder abgedruckt wurde, nachdem er bereits im *New Yorker* (5. 11. 1966) unter dem Titel *What is permitted to Jove* erschienen war. Besonders strittig an diesem Essay Hannah Arendts waren zwei Themenbereiche. In dem einen ging es darum, was Brecht zum Lob Stalins geschrieben habe. Hannah Arendt sprach von »Brechts Ode an Stalin und seinem Lob für Stalins Verbrechen«, später sogar von »Oden«, im Plural. Es gibt, so hat John Willet 1970 in *Times Literary Supplement* die Kontroverse wieder aufgegriffen, keinen Streit darüber, daß Brecht viele Jahre lang für Stalin gewesen sei, aber insgesamt sei dieser nur an drei Stellen schwarz auf weiß und mit Namen genannt. Den Me-ti, in dem Stalin unter dem Namen »Ni-en« als der Nützliche auftritt, zugleich aber voller Skepsis betrachtet wird, hatte Uwe Johnson 1965 aus dem Nachlaß herausgegeben.

Der andere Themenkomplex, über den sich mit Hannah Arendt prächtig streiten ließ, verband sich mit ihrer Aussage, daß die »wahren Sünden eines Dichters von den Göttern der Dichtkunst gerächt« würden. Mit seiner Übersiedlung nach Ost-Deutschland sei Brechts »Dichtergabe« von einem Tag zum anderen »eingetrocknet«. Von der Arbeit Bertolt Brechts in der DDR und seinen Leistungen beim Aufbau des Berliner Ensembles hatte Uwe Johnson, so ist zu unterstellen, eine andere Meinung.

Veröffentlicht unter dem Titel *Uwe Johnson: Ich habe zu danken*, in *Frankfurter Allgemeine Zeitung* vom 8. Dezember 1975, S.19.

Erläuterungen zu »*Was mir an Ihrem Podium* ...«

Otto Hamkens, geboren am 27. März 1906, ist der Seniorchef der traditionsreichen Buchhandlung Gustav Weiland Nachf. in Lübeck. Diese Buchhandlung wurde am 1. Mai 1845 in der Königstraße eröffnet.

»Lübecker Podium« heißt eine Veranstaltungsreihe der Buchhandlung, die 1931/32 mit Leseabenden begann und die von Otto Hamkens im September 1945 wiederbelebt wurde. Seitdem traten weit über tausendmal Schriftsteller, Essayisten, Literaturhistoriker und Schauspieler vor das Lübecker Publikum. Die Szene, auf die Uwe Johnson in seinem Glückwunsch zum 70. Geburtstag anspielt, findet sich in den Aufzeichnungen *Wohin denn ich* (1963) von Marie Luise Kaschnitz. Dort ist zu lesen:

»Ein anderes Erlebnis in L. war nicht weniger merkwürdig und geht mir nicht weniger nach, wobei doch eigentlich ich ihm nachgehe, das heißt, den Weg verfolge, der mich aufs Podium, diesmal ein auf der Bühne eines Schauspielhauses aufgestelltes, führte. Ein Suchweg, ein Irrweg auch dieser, in den Damengarderoben flatterten altmodische Seidenkimonos im Zugwind, Treppchen, Gängchen, gerade und gewinkelt, helle und dunkle, und dann plötzlich ein Zimmer, eine Bibliothek mit leeren Bücherrücken, zwei trübsinnig gemusterten Fauteuils, einem mächtigen Sekretär. In den beiden Polsterstühlen saßen völlig regungslos zwei Männer in schwarzen Uniformen und glänzenden Helmen, ich setzte mich auf den Schreibtischstuhl, meine stummen Wächter rührten sich nicht. Eine Wand des schon für die Abendvorstellung aufgebauten Zimmers war der Bühnenvorhang, in Bühnenvorhängen soll es ein winziges, kreisrundes Loch geben, durch das die Schauspieler ihr Publikum mustern, ich wollte das auch tun, aber ein Loch war nicht da. Ich bekam ein Zeichen hinauszugehen und schob mich durch den Vorhang, da war nichts, keine Sitzreihen, keine Logenbrüstungen, nur das Pult mit einer winzigen, ganz schwachen

Lampe und dahinter Schwärze, keine Gestalt, kein Gesicht. Ins stickig Schwarze hinein mußte ich sprechen, vielleicht vor leeren Bänken, vielleicht vor Toten, in den kleinen Pausen, die ich machte, wollte ich auf geflüsterte Worte, auf Atemzüge horchen, aber ich wußte schon, ich höre nichts. Auf diese Weise allein mit meinem nun schon zum Überdruß oft wiederholten Vortrag fehlte mir der Atem, ihn an den Mann, an den Niemand zu bringen. Schließlich las ich doch, fraß mich durch die staubigen Seiten und fühlte, wie aus der finsteren Kuppel Staub auf mich fiel. Das Klatschen am Ende war dann eine Erlösung, auch das Aufflammen des Kronleuchters, auch der Blumenstrauß, der mir heraufgereicht wurde, aus einer herrlich nüchternen, alltäglichen Welt.« (Marie Luise Kaschnitz, *Gesammelte Werke, Band 2, Autobiographische Prosa I*, Frankfurt am Main 1981, S. 443/444)

Der Hinweis auf diesen Text ist zu finden in der von Otto Hamkens zum 125jährigen Jubiläum der Buchhandlung Gustav Weiland Nachf. 1970 herausgegebenen Schrift *Begegnung mit Lübeck*, Lübeck 1970, S. 165.

Unveröffentlicht.

Erläuterungen zu *»Schultafel« – Hann Trier zum vierundsechzigsten Geburtstag*

Hann Trier, Maler, am 11. Januar 1915 in Kaiserswerth bei Düsseldorf geboren, wächst in Köln auf. Nach seiner Schulzeit studiert er von 1934 bis 1938 an der Kunstakademie in Düsseldorf. (»Paul Klee war schon nicht mehr dort.«) 1938 legt er in Berlin das Examen als Kunsterzieher ab, geht jedoch nicht in den Schuldienst. 1939 wird er als Soldat zum Kriegsdienst eingezogen und arbeitet von 1941 bis 1944 als Technischer Zeichner in Berlin. Nach Ende des Krieges ist er in Thüringen vorübergehend als Bühnenbildner tätig. Erst 1946 nach seinem Umzug in die Nähe von Bonn beginnt er auf Schloß Bornheim systematisch künstlerisch zu arbeiten. 1952 geht Hann Trier für drei Jahre nach Kolumbien, unternimmt Reisen nach Ekuador, Venezuela, Mexico und Yukatan. Die tropische Landschaft nimmt ihn ein, vor allem faszinieren ihn die Tanzrhythmen der Menschen dort. Auf seinen in Kolumbien entstandenen Tanzbildern entwikkelt Hann Trier, zum erstenmal beidhändig malend, jene choreographischen Pinselschwünge, die kennzeichnend für seine Malerei werden. Nach seiner Rückkehr aus Südamerika und einer ersten Reise in die USA wird Trier zunächst als Gastdozent nach Hamburg und 1957 als Professor an die Hochschule für Bildende Künste nach Berlin berufen. An dieser Akademie unterrichtet er bis 1980. Sein Atelier aber hatte er bereits 1973 von Berlin nach Mechernich-Vollem in die Eifel verlegt. Dort lebt er zusammen mit seiner Frau, der Soziologieprofessorin Renate Mayntz, die das Max-Planck-Institut für Gesellschaftsordnung in Köln leitet.

In seinem Text hat Uwe Johnson aus Hann Triers *Einladung zur Ausstellung in der Galerie »Der Spiegel«* (1954) zitiert. Dort heißt es:

»Ich freue mich: Soviel Freunde mit den Augen,
mit dem Munde Raffaels!
Aber die Hände: Sind keine Augendiener,
keine Handlanger,
weder Redner noch Schriftsteller.
Sie malen: im Handumdrehen.
Das Malen beginnt, wo das Schildern aufhört.
Bilder entstehen bewegt.
Nicht das anschaulich Beständige, das beweglich Entstehende packt.
Bilder ereilen uns.
Anschauung zu Gegenstand wie Bewegung zu Widerstand.
Eines Tages fallen Konzeption und Ausführung zusammen.
Der Mensch ist ja noch am Anfang – keineswegs am Ende als Konterfei.
Ich male nie was ich sehe,
selten was ich sah,
immer sehe ich, was ich malte.«

(Zitiert nach *Hann Trier. Gemälde, Zeichnungen, Graphik 1951–1972*, Bonn (Rheinisches Landesmuseum) 1972, S. 20.)

1968 hielt sich Hann Trier eine Zeitlang in New York auf; mit dem »politischen Attentat« ist der Anschlag auf den Studentenführer Rudi Dutschke in West-Berlin gemeint. (Vgl. dazu das Telefon-Gespräch in *Jahrestage*, Bd. II, S. 988 ff.)

Das Bild von Hann Trier, das Uwe Johnson gekauft hat, »statt es bloss zu erwerben«, wird im Uwe Johnson-Archiv aufbewahrt.

Die »Geschichte von den jungen Rotarmisten in einem thüringischen Dorf« findet sich bei Uwe Johnson in *Das dritte Buch über Achim*, Frankfurt am Main 1961, S. 167–170.

Veröffentlicht in: Kölnischer Kunstverein (Hg.), *Hann Trier. Gemälde, Zeichnungen, Graphiken, Retrospektive*,

Köln 1979, S. 45–52; ein erster Entwurf des ersten Briefes wurde als Faksimile abgedruckt in: Manfred de la Motte (Hg.), *Hann Trier. Eine Dokumentation aus Anlaß der Ausstellung im November 1980 in der Galerie Heinemann*, Bonn 1980, S. 35–37.

Erläuterungen zu »*Dem Fleiss zuliebe, oder doch zumindest dem Willen dazu*«

Siegfried Unseld, Verleger, am 28. September 1924 in Ulm geboren, verbringt in dieser Stadt auch die Jugend und legt dort seine Reifeprüfung ab. Von 1942 bis 1945 wird er zum Kriegsdienst eingezogen. Im Oktober 1946 beginnt er eine Verlagslehre; von 1947 bis 1950 ist er im Verlag J. C. B. Mohr (Paul Siebeck) in Tübingen tätig. 1951 wird er Buchhändler in Heidenheim. Von 1947 bis 1951 studiert Siegfried Unseld Germanistik, Philosophie, Bibliothekswissenschaften, Sinologie, Nationalökonomie und Völkerrecht an der Universität Tübingen. Sein Studium schließt er 1951 mit einer Dissertation über Hermann Hesse bei Friedrich Beissner in Tübingen ab. Am 1. Januar 1952 tritt er in den Suhrkamp Verlag ein, sechs Jahre später wird er Gesellschafter des Verlages; seit dem Tode von Peter Suhrkamp am 31. März 1959 ist er verantwortlicher Inhaber und Leiter des Verlages; seit 1963 verantwortlicher Gesellschafter des Insel Verlages und der Nomos-Verlagsgesellschaft.

Am 7. Mai 1979 hatte Uwe Johnson die erste seiner Frankfurter Vorlesungen auf der Gastdozentur für Poetik an der Johann Wolfgang Goethe-Universität zu halten. Die 1980 unter dem Titel *Begleitumstände* veröffentlichten Vorlesungen sind Siegfried Unseld zugeeignet. Die gedruckte Widmung lautet: »Geschrieben für Siegfried Unseld«. Bei einem Empfang anläßlich der ersten Vorlesung hatte Uwe Johnson ins Gästebuch des Hauses in der Klettenbergstraße geschrieben: »Eine Vorlesung bestellt, eine Vorlesung geliefert.«

Der Text wird hier zum erstenmal veröffentlicht.

Erläuterungen zu *Twenty-five years with Jake, a(lso) k(nown) a(s) Bierwisch*

Manfred Bierwisch, Professor, geboren am 28. Juli 1930 in Halle, studiert von 1951 bis 1955 Germanistik an der Karl Marx-Universität Leipzig und legt 1956 das Staatsexamen mit Diplom ab. Im gleichen Jahr wird er wissenschaftlicher Assistent an der Akademie der Wissenschaften der DDR zu Berlin, 1960 wird er dort wissenschaftlicher Mitarbeiter. 1961 mit einer Arbeit *Zur Morphologie des deutschen Verbalsystems* bei Theodor Frings an der Universität Leipzig zum Dr. phil promoviert, wird er 1969 zum wissenschaftlichen Arbeitsleiter am Zentralinstitut für Sprachwissenschaft der Akademie der Wissenschaften ernannt. Seit 1980 ist er der Leiter der Forschungsgruppe Kognitive Linguistik; 1981 erfolgt seine Promotion zum Dr. sc. an der Akademie der Wissenschaften. Nach einem Forschungsaufenthalt (1981/1982) als Fellow am Center for Advanced Study in the Behavioral Sciences in Stanford/USA wird er 1985 zum Professor für Linguistik an der Akademie der Wissenschaften der DDR zu Berlin ernannt. 1986 wird er externes Mitglied am Max Planck-Institut für Psycholinguistik in Nijmwegen. Die lange Liste seiner Publikationen ist in der Bibliographie zu der von Wolfgang Klein und Willem Levelt herausgegebenen Festschrift *Crossing Boundaries in Linguistics* zum 50. Geburtstag von Manfred Bierwisch nachzulesen.

Twenty-five years with Jake war eine »Auftragsarbeit«. Die Herausgeber hatten Uwe Johnson gebeten, einen Beitrag zur Festschrift für Manfred Bierwisch zu liefern. Aus verschiedenen Gründen, vor allem aber, weil die *boundaries* eines Festschriftenbeitrags für einen Wissenschaftler der Akademie doch etwas weit überschritten waren, ist der Beitrag, sehr zum Ärger von Uwe Johnson, nicht an der vorgesehenen Stelle erschienen.

Das Gedicht, aus dem Uwe Johnson die Verse der Widmung entnommen hat, ist überschrieben *Ode an Rowohlt* (1921); das im Zitat durch die eingeschobene Klammer ersetzte Wort heißt dort: »Verlegerherz«. »Tertium comparationis« ist die Stadt Leipzig. Der Schriftsteller Walter Hasenclever (geb. am 8. 7. 1890 in Aachen, gest. am 21. 6. 1940 in Les Milles im französischen Exil), einer der Wortführer des Expressionismus, hatte dort studiert und damals – für seine weitere schriftstellerische Laufbahn entscheidend – Kurt Pinthus zum Freund gewonnen. Ernst Rowohlt (geb. am 23. 6. 1887 in Bremen, gest. am 1. 12. 1960 in Hamburg) war 1905 als Schriftsetzer und Buchdrucker durch Vermittlung von Anton Kippenberg, den Chef des Insel Verlags, nach Leipzig gekommen; dort hatte er dann die Firma Ernst Rowohlt, Paris – Leipzig, gegründet. In dem Jahr, in dem Hasenclever die *Ode an Rowohlt* schrieb, hatte Rowohlt Hilda Pangust, genannt Billa, am 1. April geheiratet.

»J. S. Bach, in his *Musical Offering* of 1747 ...« Im Mai 1747 stattete Johann Sebastian Bach dem Hof von Potsdam einen Besuch ab. Im Juni des gleichen Jahres wurde Bach Mitglied der Mizlerschen »Societät der musikalischen Wissenschaften« zu Leipzig. In seiner am 7. Juli 1747 abgefaßten Widmung des *Musikalischen Opfers* an Friedrich den Großen »erkühnte« sich Bach als »allerunterthänigst gehorsamster Knechte« »dieses unterthänigste Bitten hinzuzufügen: Ew. Majestät geruhen gegenwärtige wenige Arbeit mit einer gnädigen Aufnahme zu würdigen, und Deroselben allerhöchste Königliche Gnade noch fernerweit zu gönnen.« (Vgl. Friedemann Otterbach, *Johann Sebastian Bach. Leben und Werk*, Stuttgart 1982, S. 33.)

»... the unity in a ›Third Cause‹.« Das ist eine Anspielung auf das *Lob der Dritten Sache* von Bertolt Brecht. In dem Schauspiel *Die Mutter* rezitiert die Wlassowa:

»LOB DER DRITTEN SACHE
Immerfort hört man, wie schnell
Die Mütter die Söhne verlieren, aber ich
Behielt meinen Sohn. Wie behielt ich ihn? Durch
Die dritte Sache.
Er und ich waren zwei, aber die dritte
Gemeinsame Sache, gemeinsam betrieben, war es, die
Uns einte.
Oftmals selber hörte ich Söhne
Mit ihren Eltern sprechen.
Wieviel besser war doch unser Gespräch
Über die dritte Sache, die uns gemeinsam war
Vieler Menschen große, gemeinsame Sache!
Wie nahe waren wir uns, dieser Sache!
Nahe! Wie gut waren wir uns, dieser
Guten Sache nahe!«

(Zitiert nach Bertolt Brecht, *Gesammelte Werke in acht Bänden*, Frankfurt am Main 1967, Bd. I, S. 878.)

»Dr. Gachet«: Es handelt sich um die Reproduktion eines Gemäldes von Vincent van Gogh, *Bildnis Dr. Gachet* in der ersten Version; eine zweite ist im Juni 1890 entstanden. Dr. Gachet, ein Arzt in Auvers-sur-Oise, nördlich von Paris, war von van Goghs Bruder Theo ausfindig gemacht worden, um zu vermeiden, daß van Gogh bei jedem seiner Anfälle gleich in eine Anstalt eingeliefert wurde. In einem Brief vom 3. Juni 1890 an seinen Bruder beschreibt Vincent van Gogh (indirekt) dieses Porträt:

»Herr Gachet sagt, Vater und Mutter müßten sich natürlich gut ernähren, er spricht von täglich zwei Litern Bier und ähnlichen Maßnahmen. Aber es wird Dich gewiß freuen, ihn näher kennenzulernen; er rechnet darauf, und jedesmal, wenn ich ihn sehe, spricht er von Eurem Kommen. Er scheint mir sicher ebenso krank und nervös zu sein wie Du und ich, und er ist älter und hat vor einigen Jahren seine Frau verloren, aber er ist Arzt durch und durch, und sein Beruf und sein Glaube halten ihn aufrecht. Wir sind schon sehr gute Freunde; zufällig hat er noch Bruyas in Montpellier gekannt, und er denkt über ihn genau wie ich – er hält ihn für eine sehr wichtige Erscheinung in der Geschichte der modernen Kunst. Ich arbeite an seinem Porträt: der Kopf, sehr blond, sehr hell, mit einer weißen Mütze, die Hände auch hell, fleischfarben, der Rock blau, der Hintergrund kobaltblau, den Arm auf einen roten Tisch gestützt, darauf ein gelbes Buch und Fingerhutstengel mit purpurroten Blüten. Es ist aus derselben Empfindung heraus gemacht wie das Selbstbildnis, das ich gerade gemalt habe, ehe ich hierherfuhr. Herr Gachet ist ganz begeistert von diesem Porträt und will, daß ich auch eins von ihm mache, wenn möglich, ganz genau wie dieses, und ich möchte es auch gern.« (Zitiert nach A. M. und Renilde Hammacher, *Van Gogh. Die Biographie in Fotos, Bildern und Briefen*, Stuttgart 1982, S. 203.)

»The poet's advice«: Der Dichter, der hier zitiert wird, ist der amerikanische Lyriker Robert Creely, 1926 in Arlington, Massachussetts geboren, lebt heute in Buffalo, New York. Das Gedicht trägt die Überschrift *The Conspiracy* und lautet in der deutschen Übersetzung von Klaus Reichert so:

»Die Verschwörung

Du schickst mir deine Geliebte,
ich schicke dir meine.

Manches wacht auf
selbst durch beiläufige Mitteilung.

Wir wollen überraschend
Frühling ausrufen. Und spotten

über die anderen,
all die anderen.

Ich schicke auch ein Bild von mir
wenn du mir eines schickst von dir.«

Vgl. Robert Creely, *Gedichte, Amerikanisch und deutsch. (Übertragen und mit einem Nachwort versehen von Klaus Reichert)*, Frankfurt am Main 1966, S. 20.

Der Text wird hier zum erstenmal veröffentlicht.

Erläuterungen zu *Erinnerung*

Werner Düttmann, geboren am 6. März 1921 in Berlin, studiert von 1939 bis 1948 Architektur an der Technischen Hochschule bzw. an der Universität Berlin. 1942 muß er das Studium unterbrechen, weil er als Soldat zum Kriegsdienst eingezogen wird; er gerät in Kriegsgefangenschaft und lebt bis 1946 in einem Lager in England. 1948 schließt er sein Studium mit der Diplomprüfung an der Technischen Universität in Berlin ab. Von 1950 bis 1951 studiert er am Institute for Town & Country Planning Kings College, Durham University/England. 1951 bis 1956 arbeitet er als Architekt im Range eines Regierungsbaurats im Entwurfsamt der Bauverwaltung von Berlin, von 1955 bis 1959 als »freier« Architekt. Von 1960 bis 1966 ist er Senats-Baudirektor des Landes Berlin; 1963 bis 1970 Professor für Entwurfs- und Gebäudelehre an der Technischen Universität Berlin; danach arbeitet er wieder als »freier« Architekt in Berlin. Seit 1961 ist Werner Düttmann Mitglied der Akademie der Künste, Berlin, ihr Präsident von 1971 bis 1983. Am 26. Janurar 1983 stirbt Werner Düttmann in Berlin.

Von ihm entworfen und gebaut wurden u. a. die Kongreßhalle (Mitwirkung 1954), das Haus der Akademie der Künste (1956/57), die Mensa der Technischen Universität (1967), das Brücke Museum (1967), Wohnbebauung und Jugendzentrum Mehringplatz (1968–1975), Gemeindezentrum und Kirche St. Martin im Märkischen Viertel (1970–1973).

Das Buch, das Uwe Johnson herangezogen hat, um einiges über Werner Düttmanns »Lagerleben« in England erzählen zu können, heißt: Matthew Barry Sullivan, *Thresholds of Peace. Four Houndred Thousand German Prisoners and the People of Britain 1944–1948*, London 1979. Auf deutsch ist es unter dem Titel *Auf der Schwelle zum Frieden. Deutsche Kriegsgefangene in Großbritannien 1944–1948*, Hamburg 1981, erschienen.

Der Glückwunsch zum 60. Geburtstag wird hier zum erstenmal veröffentlicht.

Der Text *Erinnerung* ist veröffentlicht in: Akademie der Künste (Hg.), *Werner Düttmann zum Gedenken*, Berlin 1983, S. 31–43. Uwe Johnson hat diesen Text auf einer Veranstaltung der Akademie der Künste anläßlich der Frühjahrsmitgliederversammlung am 5. Juni 1983 vorgetragen. Es ist der letzte, noch zu Lebzeiten von Uwe Johnson veröffentlichte Text.

Editorisches Nachwort

In seinem Haus in Sheerness-on-Sea, jener Zufluchtsstätte in der Grafschaft Kent an der Themsemündung, mit Blick auf das offene Meer, hatte Uwe Johnson im Keller, der ihm zugleich als Arbeitsstätte diente, seine Typoskripte in einem Büroschrank abgelegt. Die Mehrzahl der in diesem Band zusammengetragenen Texte fanden sich als Konvolut in einem Fach dieses Möbelstücks aufbewahrt: Erinnerungen an und für Freunde, die meisten bereits an verstreuten Stellen veröffentlicht. Zugleich sind diese Texte Porträts zu Jahrestagen, auch in einem übertragenen Sinn. Jahrestage, das sind Tage des Eingedenkens, der Erinnerung, vor allem aber Geburts-, Hochzeits- und Todestage. Sie gilt es für das eigene und auch für das kollektive Gedächtnis aufzubewahren, nur mit ihnen läßt sich für die Gegenwart Zukunft gewinnen. Das ist für Uwe Johnson ohne Trauerarbeit an der deutschen Geschichte nicht zu denken.

Um den Zusammenhang zu einzelnen Jahrestagen zu markieren, werden auf jeder Seite jene Tage fortlaufend aufgeführt, auf denen diese Texte gründen. Einzelne Stücke – so der *Brief an Walser* oder auch *Mir bleibt nur, ihr zu danken* und vor allem *Twenty-five years with Jake, a.k.a. Bierwisch* – sind auch Porträts zu *Jahrestage. Aus dem Leben von Gesine Cresspahl*; sie sind geeignet, deren Lesart zu vertiefen oder in einem neuen Licht erscheinen zu lassen. Solche Verbindungslinien werden in den Erläuterungen angedeutet. Allein, der Leser ist aufgefordert, diese Kontexte für sich selbst deutlicher zu konturieren. Zwei Prosastücke Uwe Johnsons hätten der Konzeption dieses Bandes gemäß auch in die Sammlung aufgenommen werden müssen; ihre Eingliederung aber hätte den vorgegebenen Rahmen gesprengt; zudem liegen sie leicht zugänglich als gewichtige

Einzelpublikationen vor. Beide gründen gleichfalls auf zwei im Leben von Uwe Johnson bedeutsamen Jahrestagen, dem 17. Oktober 1973 und dem 15. Mai 1981. Am erstgenannten Jahrestag ist Ingeborg Bachmann in Rom gestorben. Ihr zum Gedächtnis hatte Uwe Johnson die *Reise nach Klagenfurt* unternommen und danach aufgezeichnet. Am 15. Mai 1981 wurde der Freund Max Frisch 70 Jahre alt. *Die Skizze eines Verunglückten*, für die sich Uwe Johnson, wie er dem Freund Jürgen Becker einmal öffentlich eingestand, besondere Mühe gegeben hatte, wurde in der Festschrift *Begegnungen* zum 70. Geburtstag von Max Frisch zum erstenmal veröffentlicht und 1982 als Separatpublikation vorgelegt.

Möglicherweise hatte Uwe Johnson selbst einmal daran gedacht, einen dem hier publizierten ähnlichen Band zusammenzustellen; das ist aus einer Notiz zu folgern, die unter den zahlreichen Zetteln im Nachlaß gefunden wurde. Maschinenschriftlich hatte Uwe Johnson folgende Liste aufgestellt:

~~PETER SUHRKAMP~~	~~1965 (?)~~	~~2 p.~~
HANS MAYER	1977	7
GIANGIACOMO FELTRINELLI	1972	5
GÜNTER EICH	1973	4
TITUS	1975	6
BOVERI	1975	3
HANNAH	1975	3
HAMKENS	197(6)	1,5
HANS WERNER	1978	1
HANN	1979	3

danach wird die Liste handschriftlich ergänzt durch:

GOMBROWICZ	1970	2

(mit einem Pfeil, der diesen Text hinter Hans Mayer eingliedert)

~~JAKE . . . «~~	~~1980~~	~~14~~
WERNER DÜTTMANN	1983	12,5
JOE HINTERHAND	1981	31

(Mit »Joe Hinterhand« ist der Beitrag für die Festschrift von Max Frisch gemeint.)

Der Herausgeber hat diese Texte um die (nachträglich) aus der Liste gestrichenen und um einige andere, die gleichen Personen betreffende, ergänzt, vor allem aber um Uwe Johnsons Nachruf zu Lebzeiten, *Dead Author's Identity in Doubt*, und, um die eigene Art der Freundschaft des Autors zu seinem Verleger zu dokumentieren, den Text *»Dem Fleiss zuliebe, oder doch zumindest dem Willen dazu«* aus der Autographensammlung Siegfried Unselds.

Für die Erläuterungen wurde nicht die Form des Zeilenkommentars gewählt, um auch nicht den Anschein zu erwecken, hier werde der Anspruch eines wissenschaftlichen Kommentars gestellt. Kommentierend werden Lesehilfen gegeben, die, im Sinne von Walter Benjamins Unterscheidung von Kritik und Kommentar, zunächst als Kommentar die Aufgabe haben, den Sachgehalt näher zu bestimmen. Die Kritik, so Benjamin, sucht den Wahrheitsgehalt eines Kunstwerks, der Kommentar seinen Sachgehalt zu ergründen. Freilich dient ihm die vordergründige Trennung von Kritik und Kommentar im Fortgang des Gedankens, wie er ihn in seinem Essay zu den *Wahlverwandtschaften* vorgeführt hat, dazu, ihr dialektisches Miteinander aufzuweisen; denn der Wahrheitsgehalt eines Kunstwerks, je bedeutender es ist, ist desto unscheinbarer und inniger an seinen Sachgehalt gebunden. Wenn die Erläuterungen den Leser dazu anregen, sofern er auf ihm unbekannte Ausdrücke trifft, in einem Wörterbuch, einem Lexikon oder sonstwo nachzulesen, dann haben sie ihre Aufgabe erfüllt. So wie die von Uwe Johnson in seinen *Vorschlägen zur Prüfung eines Romans* zitierte Mrs. Brown, »diese alte Dame, so arm wie stolz, mit ihrem unsicheren sozialen Hintergrund« sich nicht zu gut wäre für den Griff zum Lexikon, sei auch der Leser aufgefordert, an seiner Lesart mitzuarbeiten. Unterhaltsam ist es obendrein, auch zu wissen, daß es unabweisbar zur Biographie dieser alten Dame gehört, von Virginia Woolf erfunden worden zu sein...

Zeittafel zu Leben und Werk Uwe Johnsons

1934 Am 20. Juli in Cammin (Pommern), dem heutigen Kamień Pomorski (Polen), geboren.

1934–1944 In Anklam an der Peene aufgewachsen.

1944/1945 Besuch einer nationalsozialistischen »Deutschen Heimschule« in Koscian (im besetzten Polen).

1945 Flucht nach Recknitz (Mecklenburg).

1947/1948 Sein Vater wird nach dem Krieg interniert und stirbt 1947 oder 1948 in einem Lager.

1946–1952 Besuch der John-Brinckman-Oberschule in Güstrow. Mitglied der Freien Deutschen Jugend seit 1949, Austritt aus der FDJ 1954.

1952–1956 Studium der Germanistik an den Universitäten von Rostock (bis 1954) und Leipzig. Diplomarbeit bei Hans Mayer über *Der gestohlene Mond* von Ernst Barlach. Seine Klausurarbeit über den »IV. Deutschen Schriftstellerkongress im Januar 1956 in Berlin« (Ost) wird von der Prüfungskommission zunächst nicht anerkannt und nicht bewertet, eine Wiederholung zur Auflage gemacht. Johnson weigert sich zunächst, die Klausur zu wiederholen. Hans Mayer erklärt sich gleichwohl bereit, die mündliche Prüfung abzunehmen; Uwe Johnson wiederholt die Klausur, die Prüfung wird später von der Prüfungskommission für bestanden erklärt. Im Winter 1953/54 entsteht ein erstes Manuskript (von 90 Seiten): die erste Fassung von *Ingrid Babendererde / Reifeprüfung 1953*. Dieser Text, gebunden in der Art einer Diplomarbeit, befindet sich nicht im Nachlaß. 1956 wird das Manuskript in einer vierten Fassung (drei Fassungen sind im Nachlaß erhalten) dem Aufbau-Verlag, 1957 dem Hinstorff-Verlag, dem List-Verlag (Leipzig), dem Mitteldeutschen Verlag und dem Suhrkamp Verlag angeboten, aber von keinem dieser Verlage zum Druck angenommen.

1957 11. Juli: erste Begegnung mit Peter Suhrkamp in Berlin-Zehlendorf, Schützallee 7.

1957–1959 Aus politischen Gründen arbeitslos ist er auf wissenschaftliche Gelegenheitsarbeiten angewiesen. Er arbeitet u. a. als Übersetzer aus dem Mittelhochdeutschen (*Das Nibelungenlied*; mit einem Nachwort von Manfred Bierwisch) und aus dem Amerikanischen (Herman Melville: *Israel Potter*), Arbeit an einem neuen Manuskript.

1959 Im Mai erste Begegnung mit Siegfried Unseld in Ost-Berlin. Publikation der *Mutmassungen über Jakob*; am 10. Juli 1959 »Rückgabe einer Staatsangehörigkeit« an die DDR und Übersiedlung nach Berlin (West).

1960 Fontane-Preis der Stadt Berlin (West); erste Lesung bei der Tagung der Gruppe 47 in Aschaffenburg (4.–6. 11. 1960).

1961 Erste Reise in die USA; eingeladen vom International Seminar der Harvard University, ist er Gast der Wayne State University in Detroit und der Harvard University in Cambridge/Mass. *Das Dritte Buch über Achim* erscheint. Nach dem Bau der Berliner Mauer heftige Auseinandersetzung mit Hermann Kesten, der Uwe Johnson fälschlicherweise bezichtigt, er habe in Mailand den Bau der Berliner Mauer gerechtfertigt. Ungeprüft übernimmt selbst der damalige Außenminister Heinrich von Brentano (CDU) die Aussagen Kestens. Im Bundestag wird gefordert, Johnson, das ihm bereits 1959 verliehene Stipendium in der Villa Massimo wieder abzuerkennen. Mit Hilfe eines Tonbandes, auf dem die Mailänder Veranstaltung zufällig aufgezeichnet worden war, gelingt es Johnson, Kestens Behauptung öffentlich zu widerlegen.

1962 Stipendiat der Villa Massimo in Rom. Für *Das dritte Buch über Achim* erhält Johnson den Prix Formentor, den internationalen Verlegerpreis, zugesprochen. Johnson heiratet Elisabeth (geb. Schmidt), die, wie er, in Mecklenburg zu Hause war und die er bereits in der DDR kennengelernt hatte. Ihre Tochter Katharina wird geboren.

1963 Uwe Johnson übersetzt das Buch von John Knowles: *In diesem Land* aus dem Amerikanischen.

1964 *Karsch und andere Prosa* erscheint; Uwe Johnson schreibt Fernsehkritiken (mit fast 100 Beiträgen) über Sendungen des

DDR-Fernsehens für die Westberliner Tageszeitung *Tagesspiegel*.

1965 *Zwei Ansichten* erscheinen. Uwe Johnson gibt Bertolt Brechts *Me-Ti. Buch der Wendungen* aus dem Nachlaß Brechts heraus. *Eine Kneipe geht verloren* erscheint. Zweite Reise in die USA.

1966–1968 Aufenthalt in New York. 1966/67 als Schulbuchlektor bei Harcourt, Brace and World. Johnson stellt ein deutsches Lesebuch zusammen, das 1967 unter dem Titel *Das neue Fenster* erscheint. Später wird er unterstützt von Stipendien des Verlags und der Rockefeller-Foundation. Am 4. Juli 1967 wird er zum »Knight of Mark Twain« geschlagen, danach beginnt er mit der Arbeit an einem neuen Roman *(Jahrestage)*. *Einer meiner Lehrer* erscheint in der Festschrift zum 60. Geburtstag von Hans Mayer.

1969 Mitglied des PEN-Zentrums der Bundesrepublik Deutschland und der Akademie der Künste in Berlin (West).

1970 Der erste Band der *Jahrestage. Aus dem Leben von Gesine Cresspahl* (21. August 1967–19. Dezember 1967) erscheint; unter dem Titel *Dead Author's Identity in Doubt; Publishers Defiant* schreibt Uwe Johnson seinen eigenen Nachruf zu Lebzeiten.

1971 Der zweite Band der *Jahrestage* (20. Dezember 1967–19. April 1968) erscheint. Uwe Johnson erhält den Georg-Büchner-Preis.

1972 Das offizielle Geschenk des Organisationskomitees für die Spiele der XX. Olympiade in München für die Teilnehmer an den Olympischen Spielen kann nicht ausgehändigt werden, weil die DDR (und dann auch die UdSSR) gegen den Beitrag Uwe Johnsons *Boykott der Berliner Stadtbahn* – der bereits 1964 in der Wochenzeitung *Die Zeit* erschienen war – protestieren.

Uwe Johnson wird zum Vizepräsidenten der Akademie der Künste Berlin gewählt.

1973 Der dritte Band der *Jahrestage* (20. April 1968 – 19. Juni 1968) erscheint.

1974 *Eine Reise nach Klagenfurt* wird veröffentlicht. Uwe Johnson zieht mit Familie nach England um und lebt seitdem in Sheerness-on-Sea in der Grafschaft Kent an der Themse-Mündung.

1975 *Berliner Sachen*, eine Aufsatzsammlung, wird publiziert. *Max Frisch Stich-Worte*; *Ausgesucht von Uwe Johnson* erscheint. Uwe Johnson erhält den Wilhelm-Raabe-Preis der Stadt Braunschweig. Die Arbeit an den *Jahrestagen* wird aufgrund einer schweren persönlichen Krise, deren Folge eine »Beschädigung der Herzkranzgefäße« und eine langandauernde Schreibhemmung waren, unterbrochen.

1976 *Von dem Fischer und seiner Frau*, ein Märchen nach Philipp Otto Runge, nacherzählt und mit einem Nachwort von Uwe Johnson erscheint.

1977 Mitglied der Deutschen Akademie für Sprache und Dichtung Darmstadt. Uwe Johnson gibt die Autobiographie Margret Boveris unter dem Titel *Verzweigungen* heraus.

1979 Gastdozent für Poetik an der J. W. Goethe-Universität Frankfurt. Thomas-Mann-Preis der Stadt Lübeck. Formloser Austritt aus der Deutschen Akademie für Sprache und Dichtung, weil in einem offiziellen Katalog der Akademie der Eindruck erweckt wird, als sei es Uwe Johnson nicht gelungen, die Äußerungen Hermann Kestens (vgl. 1961) zu widerlegen. *Ein Schiff* erscheint.

1980 Die Frankfurter Poetik-Vorlesungen erscheinen unter dem Titel *Begleitumstände*.

1981 *Skizze eines Verunglückten* erscheint in der Festschrift zum 70. Geburtstag von Max Frisch.

1983 Der vierte Band der *Jahrestage* (20. Juni 1968–20. August 1968) und der von Uwe Johnson mitredigierte Band *Kleines Adressbuch von Jerichow und New York* erscheinen.
Literaturpreis der Stadt Köln.
5. November: In Zürich Treffen mit Max Frisch, der ihm für einen einjährigen USA-Aufenthalt ab Juni 1984 seine New Yorker Wohnung zur Verfügung stellt.

1984 Im Februar trifft in Frankfurt die letzte zu Lebzeiten gedruckte Arbeit von Uwe Johnson ein: *Erinnerung*, Toten-

rede auf Werner Düttmann, enthalten in: Werner Düttmann zum Gedenken, Berlin 1983.
In der Nacht vom 23. zum 24. Februar 1984 stirbt Uwe Johnson in seinem Haus in Sheerness-on-Sea im Alter von 49 Jahren.

Uwe Johnson
Sein Werk im Suhrkamp Verlag

Begleitumstände. Frankfurter Vorlesungen. es 1019
Berliner Sachen. Aufsätze. st 249
Das dritte Buch über Achim. Roman. Leinen und st 169
Der 5. Kanal. es 1336
Ingrid Babendererde. Reifeprüfung 1953. Mit einem Nachwort von Siegfried Unseld. Leinen und st 1387
Jahrestage 1. Aus dem Leben von Gesine Cresspahl. August 1967 - Dezember 1967. Roman. Leinen
Jahrestage 2. Aus dem Leben von Gesine Cresspahl. Dezember 1967 - April 1968. Roman. Leinen
Jahrestage 3. Aus dem Leben von Gesine Cresspahl. April 1968 - Juni 1968. Roman. Leinen
Jahrestage 4. Aus dem Leben von Gesine Cresspahl. Juni 1968 - August 1968. Roman. Leinen
Jahrestage 1-4 in Kassette. 4 Bde. Mit einem ›Kleinen Adreßbuch‹. Ein Register zu Uwe Johnsons Jahrestagen mit Namen, Orten und Verweisen von Rolf Michaelis. Leinen
Kleines Adreßbuch zu den ›Jahrestagen‹. Einzeln.
Karsch, und andere Prosa. es 59
Mutmassungen über Jakob. Roman. Leinen, st 147 und BS 723
Eine Reise nach Klagenfurt. st 235
Skizze eines Verunglückten. BS 785
Versuch, einen Vater zu finden. Marthas Ferien. Toncassette mit Textheft. Mit einem editorischen Bericht von Norbert Mecklenburg. es 1416
Zwei Ansichten. Leinen und st 326

Editionen, Nachwort

Max Frisch: Stich-Worte. Ausgesucht von Uwe Johnson. st 1208
Otto Philipp Runge/Uwe Johnson: Von dem Fischer un syner Fru. Ein Märchen nach Philipp Otto Runge mit sieben kolorierten Bildern von Marcus Behmer und einem Nachwort von Beate Jahn. Mit einer Nacherzählung und einem Nachwort von Uwe Johnson. IB 1075

Zu Johnson

Uwe Johnson. Herausgegeben von Rainer Gerlach und Matthias Richter. stm 2061
Johnsons ›Jahrestage‹. Herausgegeben von Michael Bengel. stm 2057
»Ich überlege mir die Geschichte ...«. Uwe Johnson im Gespräch. Herausgegeben von Eberhard Fahlke. es 1440

46/1/9.87

Deutsche Literatur
in der edition suhrkamp:
Prosa

Eva-Maria Alves: Maanja. Meine Freundin, meine Mutter, meine Puppe. Eine Anrufung. Zeichnungen: Alexandra Albrand. es 1159
– Neigung zum Fluß. Mit 16 Fotos von Christiane P. Scharlau. es 1083
Renato P. Arlati: Auf der Reise nach Rom. Prosa. Auswahl und Nachwort von Franz Böni. es 1053
Reinhold Batberger: Drei Elephanten. es 1459
Martin Roda Becher: Unruhe unter den Fahrgästen. ›Aufzeichnungen‹. es 1352
Jürgen Becker: Umgebungen. es 722
Thomas Bernhard: Die Billigesser. es 1006
– Prosa. es 213
– Ungenach. Erzählung. es 279
– Watten. Ein Nachlaß. es 353
Franz Böni: Alvier. Erzählungen. Mit einem Nachwort von Samuel Moser. es 1146
– Hospiz. Erzählung. es 1004
– Der Johanniterlauf. Fragment. es 1198
Nicolaus Bornhorn: Der Film der Wirklichkeit. es 1154
Volker Braun: Berichte von Hinze und Kunze. es 1169
– Es genügt nicht die einfache Wahrheit. Notate. es 799
Bertolt Brecht: Die Geschäfte des Herrn Julius Caesar. Romanfragment. es 332
– Prosa. Bd. 1-4. es 182-185
– Der Tui-Roman. Fragment. es 603
Hans Christoph Buch: Der Herbst des großen Kommunikators. Amerikanisches Journal. es 1344
Michael Buselmeier: Der Untergang von Heidelberg. es 1057
Esther Dischereit: Joëmis Tisch. Eine jüdische Geschichte. es 1492
Hans Magnus Enzensberger: Das Verhör von Habana. es 553
– Der Weg ins Freie. Fünf Lebensläufe überliefert von Hans Magnus Enzensberger. es 759
Gerold Foidl: Scheinbare Nähe. es 1237
Max Frisch: Ausgewählte Prosa. Nachwort von Joachim Kaiser. es 36
Peter Greiner: Wie Bombenleger-Charly leben …
Sozialverhalten. Geschichten und Szenen. es 1356
Norbert Gstrein: Einer. Erzählung. es 1483
Reto Hänny: Ruch. Ein Bericht. es 1295
– Zürich, Anfang September. es 1079
Peter Handke: Phantasien der Wiederholung. es 1168

300/1/5.88

Deutsche Literatur
in der edition suhrkamp:
Prosa

Hermann Hesse: Tractat vom Steppenwolf. Nachwort von Beda Allemann. es 84

Uwe Johnson: Karsch, und andere Prosa. Nachwort von Walter Maria Guggenheimer. es 59

– Versuch einen Vater zu finden. Marthas Ferien. Toncassette mit Textheft. es 1416

Bodo Kirchhoff: Body-Building. Erzählung, Schauspiel, Essay. es 1005

Alexander Kluge: Gelegenheitsarbeit einer Sklavin. Zur realistischen Methode. es 733

– Lernprozesse mit tödlichem Ausgang. es 665

– Neue Geschichten. Hefte 1-18. ›Unheimlichkeit der Zeit‹. es 819

– Schlachtbeschreibung. Roman. es 1193

Werner Koch: Intensivstation. Erzählung. es 1173

Wolfgang Koeppen: Morgenrot. Anfänge eines Romans. es 1454

Franz Xaver Kroetz: Frühe Prosa/Frühe Stücke. es 1172

Dieter Kühn: Ausflüge im Fesselballon. Roman. Neufassung. es 656

Jürg Laederach: Der zweite Sinn. Unsentimentale Reise durch ein Feld Literatur. es 1455

Jean Lessenich: »Nun bin ich die niemals müde junge Hirschfrau oder der Ajilie-Mann«. es 1308

Gertrud Leutenegger: Das verlorene Monument. es 1315

Uwe Maeffert: Bruchstellen. Eine Prozeßgeschichte. es 1387

Gert Mattenklott: Blindgänger. Physiognomische Essays. es 1343

Frank-Wolf Matthies: Tagebuch Fortunes. es 1311

Friederike Mayröcker: Magische Blätter. es 1202

– Magische Blätter II. es 1421

Bodo Morshäuser: Revolver. es 1465

Erika Runge: Frauen. Versuche zur Emanzipation. es 359

Einar Schleef: Die Bande. Erzählungen. es 1127

Peter Schwacke: Carte Blanche. Erzählungen. es 1164

Karin Struck: Kindheits Ende. Journal einer Krise. es 1123

– Klassenliebe. Roman. es 629

Thank You Good Night. Herausgegeben von Bodo Morshäuser. Alle Fotos: Michael Strauss. es 1227

Joachim Veil: Die Wiederkehr des Bumerangs. es 1137

Walter Vogl: Hassler. Frequenzritte eines Straßenkehrers. es 1182

Von nun an. Neue deutsche Erzähler. Herausgegeben von Hans-Ulrich Müller-Schwefe. es 1003

Martin Walser: Die Gallistl'sche Krankheit. Roman. es 689

– Geständnis auf Raten. es 1374

300/2/5.88

Deutsche Literatur
in der edition suhrkamp:
Prosa

Martin Walser: Lügengeschichten. es 81
Peter Weiss: Abschied von den Eltern. Erzählung. es 85
– Fluchtpunkt. Roman. es 125
– Das Gespräch der drei Gehenden. es 7
– Der Schatten des Körpers des Kutschers. es 53
Sinclair (P. Weiss): Der Fremde. Erzählung. es 1007
Josef Winkler: Die Verschleppung. Njetotschka Iljaschenko erzählt ihre russische Kindheit. es 1177

300/3/5.88

Deutsche Literatur
in der edition suhrkamp:
Essays, Reden, Briefe, Tagebücher

Theodor W. Adorno: Eingriffe. Neun kritische Modelle. es 10
– Jargon der Eigentlichkeit. Zur deutschen Ideologie. es 91
– Ohne Leitbild. Parva Aesthetica. es 201
– Stichworte. Kritische Modelle 2. es 347
Walter Benjamin: Aufklärung für Kinder. Rundfunkvorträge. Herausgegeben von Rolf Tiedemann. es 1317
– Briefe. 2 Bände. Herausgegeben und mit Anmerkungen versehen von Gershom Scholem und Theodor W. Adorno. es 930
– Moskauer Tagebuch. Mit einem Vorwort von Gershom Scholem. es 1020
– Über Kinder, Jugend und Erziehung. es 391
– Zur Kritik der Gewalt und andere Aufsätze. Mit einem Nachwort versehen von Herbert Marcuse. es 103
Volker Braun: Verheerende Folgen mangelnden Anscheins innerbetrieblicher Demokratie. es 1473
Bertolt Brecht: Tagebücher 1920-1922. Autobiographische Aufzeichnungen 1920-1954. Herausgegeben von Herta Ramthun. es 979
– Über den Beruf des Schauspielers. Herausgegeben von Werner Hecht. es 384
– Über die bildenden Künste. Herausgegeben von Jost Hermand. es 691
– Über experimentelles Theater. Herausgegeben von Werner Hecht. es 377
– Über Lyrik. es 70
– Über Politik auf dem Theater. Herausgegeben von Werner Hecht. es 465
– Über Politik und Kunst. Herausgegeben von Werner Hecht. es 442
– Über Realismus. Herausgegeben von Werner Hecht. es 485
Hans Christoph Buch: Waldspaziergang. Essays und Interventionen. es 1412
Hans Magnus Enzensberger: Einzelheiten I. Bewußtseins-Industrie. es 63
– Einzelheiten II. Poesie und Politik. es 87
– Palaver. Politische Überlegungen (1967-1973). es 696
Errungenschaften. Eine Kasuistik. Herausgegeben von Michael Rutschky. es 1101
Max Frisch: Öffentlichkeit als Partner. es 209
Jürgen Habermas: Die Neue Unübersichtlichkeit. Kleine politische Schriften V. es 1321

303/1/5.88

Deutsche Literatur in der edition suhrkamp: Essays, Reden, Briefe, Tagebücher

Jürgen Habermas: Eine Art Schadensabwicklung. Kleine politische Schriften VI. es 1453
Wolfgang Fritz Haug: Bestimmte Negation. ›Das umwerfende Einverständnis des braven Soldaten Schwejk‹ und andere Aufsätze. es 607
Wolfgang Hildesheimer: The Jewishness of Mr. Bloom. Das Jüdische an Mr. Bloom. Englisch/Deutsch. es 1292
Uwe Johnson: Begleitumstände. Frankfurter Vorlesungen. es 1019
– Der 5. Kanal. es 1336
Signatur: g. l. Gustav Landauer im »Sozialist«. Aufsätze über Kultur, Politik und Utopie (1892-1899). Herausgegeben von Ruth Link-Salinger (Hyman). es 1113
Hermann Lenz: Leben und Schreiben. Frankfurter Vorlesungen. es 1425
Leo Löwenthal: Mitmachen wollte ich nie. Ein autobiographisches Gespräch mit Helmut Dubiel. es 1014
Hans Mayer: Gelebte Literatur. Frankfurter Vorlesungen. es 1427
Alexander Mitscherlich: Die Unwirtlichkeit unserer Städte. Anstiftung zum Unfrieden. es 123
Adolf Muschg: Literatur als Therapie? Ein Exkurs über das Heilsame und das Unheilbare. es 1065
Paul Nizon: Am Schreiben gehen. Frankfurter Vorlesungen. es 1328
Hans Erich Nossack: Pseudoautobiographische Glossen. es 445
Peter Rühmkorf: agar agar – zaurzaurim. Zur Naturgeschichte des Reims und der menschlichen Anklangnerven. Textillustrationen vom Autor. es 1307
Stichworte zur ›Geistigen Situation der Zeit‹. 2 Bde. 1. Band: Nation und Republik. 2. Band: Politik und Kultur. Herausgegeben von Jürgen Habermas. es 1000
Martin Walser: Heimatkunde. Aufsätze und Reden. es 269
– Selbstbewußtsein und Ironie. Frankfurter Vorlesungen. es 1090
– Wer ist ein Schriftsteller? Aufsätze und Reden. es 959
– Wie und wovon handelt Literatur. Aufsätze und Reden. es 642
Peter Weiss: Avantgarde-Film. Aus dem Schwedischen von Beat Mazenauer. es 1444
– Die Besiegten. Aus dem Schwedischen von Beat Mazenauer. Mit einem Nachwort von Gunilla Palmstierna-Weiss. es 1324
– Notizbücher 1960-1971. 2 Bände. es 1135
– Notizbücher 1971-1980. 2 Bände. es 1067
– Rapporte. es 276
– Rapporte 2. es 444

303/2/5.88

Neue deutsche Literatur
in den suhrkamp taschenbüchern

Eva-Maria Alves: Maanja. Meine Freundin, meine Mutter, meine Puppe. Eine Anrufung. Zeichnungen: Alexandra Albrand. es 1159
– Neigung zum Fluß. Mit 16 Fotos von Christiane P. Scharlau. es 1083
Renato P. Arlati: Auf der Reise nach Rom. Prosa. Auswahl und Nachwort von Franz Böni. es 1053
Reinhold Batberger: Drei Elephanten. es 1459
Martin Roda Becher: Unruhe unter den Fahrgästen. ›Aufzeichnungen‹. es 1352
Silvio Blatter: Genormte Tage, verschüttete Zeit. Eine Erzählung. es 858
Franz Böni: Alvier. Erzählungen. Mit einem Nachwort von Samuel Moser. es 1146
– Hospiz. Erzählung. es 1004
– Der Johanniterlauf. Fragment. es 1198
Nicolaus Bornhorn: America oder Der Frühling der Dinge. es 1025
– Der Film der Wirklichkeit. es 1154
Thomas Brasch: Engel aus Eisen. Beschreibung eines Films. es 1049
– Frauen – Krieg – Lustspiel. Ein Stück. es 1469
Hans Christoph Buch: Der Herbst des großen Kommunikators. Amerikanisches Journal. es 1344
– Waldspaziergang. Essays und Interventionen. es 1412
Hans Georg Bulla: Weitergehen. Gedichte. es 1002
Michael Buselmeier: Radfahrt gegen Ende des Winters. Gedichte. es 1148
– Der Untergang von Heidelberg. es 1057
Esther Dischereit: Joëmis Tisch. Eine jüdische Geschichte. es 1492
Gerold Foidl: Scheinbare Nähe. es 1237
Frauen, die pfeifen. Verständigungstexte. Herausgegeben von Ruth Geiger, Hilke Holinka, Claudia Rosenkranz, Sigrid Weigel. es 968
Rainald Goetz: Krieg/Hirn. 2 Bde. es 1320
Peter Greiner: Wie Bombenleger-Charly leben ... Sozialverhalten. Geschichten und Szenen. es 1356
Walter Gröner: Ein rasend hingehauchtes Herbsteslicht. Bergeller Gedichte Puisía. es 1371
Norbert Gstrein: Einer. Erzählung. es 1483
Reto Hänny: Ruch. Ein Bericht. es 1295
– Zürich, Anfang September. es 1079
Bodo Kirchhof: Body-Building. Erzählung, Schauspiel, Essay. es 1005
Uwe Kolbe: Abschiede. Und andere Liebesgedichte. es 1178
– Bornholm II. Gedichte. es 1402

306/1/5.88

Neue deutsche Literatur in den suhrkamp taschenbüchern

Uwe Kolbe: Hineingeboren. Gedichte 1975-1979. Mit einer Nachbemerkung von Franz Fühmann. es 1110

Jürg Laederach: Fahles Ende kleiner Begierden. Vier minimale Stücke. es 1075

– Der zweite Sinn. Unsentimentale Reise durch ein Feld Literatur. es 1455

Dieter Leisegang: Lauter letzte Worte. Gedichte und Miniaturen. Herausgegeben von Karl Corino. es 1021

Jean Lessenich: »Nun bin ich die niemals müde junge Hirschfrau oder der Ajilie-Mann«. es 1308

Gertrud Leutenegger: Lebewohl, Gute Reise. Ein dramatisches Poem. es 1001

– Das verlorene Monument. es 1315

Frank-Wolf Matthies: Tagebuch Fortunes. es 1311

Bodo Morshäuser: Revolver. es 1465

Friederike Roth: Die einzige Geschichte. Theaterstück. es 1368

– Das Ganze ein Stück. es 1399

– Krötenbrunnen. Ein Stück. es 1319

Robert Schindel: Geier sind pünktliche Tiere. Gedichte. es 1429

– Ohneland. Gedichte vom Holz der Paradeiserträume 1979-1984. es 1372

Einar Schleef: Die Bande. Erzählungen. es 1127

– Zigaretten. es 1487

Peter Schwacke: Carte Blanche. Erzählungen. es 1164

Karin Struck: Kindheits Ende. Journal einer Krise. es 1123

– Klassenliebe. Roman. es 629

Sabine Techel: Es kündigt sich an. Gedichte. es 1370

Thank You Good Night. Herausgegeben von Bodo Morshäuser. Alle Fotos: Michael Strauss. es 1227

Hans-Ulrich Treichel: Liebe Not. Gedichte. es 1373

Joachim Veil: Die Wiederkehr des Bumerangs. es 1137

Walter Vogl: Hassler. Frequenzritte eines Straßenkehrers. es 1182

Von nun an. Neue deutsche Erzähler. Herausgegeben von Hans-Ulrich Müller-Schwefe. es 1003

Ernest Wichner: Steinsuppe. Gedichte. es 1493

Josef Winkler: Die Verschleppung. Njetotschka Iljaschenko erzählt ihre russische Kindheit. es 1177

306/2/5.88